Hermann Hesse

克林索尔的
最后夏天

[德] 赫尔曼·黑塞◎著　罗瑞◎译

中国友谊出版公司

图书在版编目（CIP）数据

克林索尔的最后夏天 ／（德）赫尔曼·黑塞著 ；罗
瑞译. -- 北京 ：中国友谊出版公司，2024.8（2025.11重印）.
ISBN 978-7-5057-5925-1

Ⅰ.Ⅰ516.45

中国国家版本馆CIP数据核字第202438X2R1号

书名	**克林索尔的最后夏天**
作者	〔德〕赫尔曼·黑塞
译者	罗瑞
出版	中国友谊出版公司
发行	中国友谊出版公司
经销	新华书店
印刷	河北鹏润印刷有限公司
规格	880毫米×1230毫米　32开
	5.25印张　72千字
版次	2024年8月第1版
印次	2025年11月第5次印刷
书号	ISBN 978-7-5057-5925-1
定价	45.00元
地址	北京市朝阳区西坝河南里17号楼
邮编	100028
电话	（010）64678009

如发现图书质量问题，可联系调换。质量投诉电话：010-82069336

目录

克林索尔的最后夏天

克 林 索 尔 的
最 后 夏 天

前　言

42 岁的那个夏天，画家克林索尔一生中最后的夏天，
他是在潘潘比渥、卡雷诺和拉古诺一带的南国之乡度过的。
那里是他早些年间经常游览的心爱之地。在那里，他完成
了最后的画作。这些画作中的世界万物形体都如此奔放自
由，那些千奇百怪的树木与好似植物般的房屋，共同构成
一幅幅奇特的、明亮炙热的、幻梦般宁静的作品。行家们
对它们的欣赏甚至超越了他古典时期创作的作品。

那个时期，他的画盘仅保留了几种非常生动艳丽的颜
色：镉黄和镉红，维罗纳绿，翠绿，钴蓝，钴紫，法国朱
红和绯红。

晚秋时节，克林索尔的死讯令他的好友们错愕不已。
在此之前他许多的信件中都已流露出对死亡的预感和愿望。

克林索尔的
最后夏天

关于他是自杀而亡的流言也许就是自此而来的。富有争议性的人物总是流言缠身，关于此事其他的流言，和刚刚所提到的那种可以说是不相上下的不可靠。许多人断言克林索尔在他人生的最后几个月疯掉了，还有一位多少有点缺乏眼光的艺术评论家甚至试图以克林索尔所谓的"疯"为基础，去分析解释他最后留下的画作中令人惊叹而又沉醉的元素！简直一派胡言。相比之下，更有依据的是有关克林索尔酗酒的许多传闻。他确实有此嗜好，并比任何人都对其直言不讳。在克林索尔生命的某些阶段，也包括他生命的最后几个月，不仅仅是"经常性小酌"，他会有意痛饮，将所有的痛苦和近乎难以忍受的忧愁浸泡在葡萄酒当中。他钟爱那位写出许多意义深远的饮酒词的诗人李太白，酒到深处时也常常自称李太白，并称他的某位好友为杜甫。

他的作品永留人间，而他传奇的一生与最后那个夏天也在他的知交圈子里被继续传颂。

千

克林索尔

　　一段热情又薄命的夏季开始了。炎热的白昼固然漫长，却又像炽热的流光般熊熊燃烧，转瞬即逝。短促闷热的雨夜连着短促闷热的月夜，仿佛影像重重的梦境，倏忽而过。璀璨的日子就这样一周一周飞快地逝去。

　　夜晚，克林索尔漫步过后回到家中，独自站在画室狭窄的石砌阳台上。在他的脚下，古老的台地园层层相接，向远处延伸，越发迷人眼。树梢叶影重重，那些棕榈、雪松、栗树、紫荆、赤色山毛榉、桉树与紫藤等藤本植物相互缠绕在一起。一片漆黑的树影之上，盛夏木兰平滑的叶子闪烁着微弱的光芒，硕大如人头般的雪白花朵半开半闭地藏匿其中，那抹洁白，如皎月又似象牙。一缕甜蜜宜人的柠檬香气，穿过一片郁郁苍苍，飘了过来。不知从哪个

克林索尔的
最后夏天

　　方向又传来一阵沉闷懒散的音乐声，听起来像是吉他，又像是钢琴，难以分辨。一只孔雀的叫声忽然从某个院中传来，两声，三声，那短促愤懑而又生硬的啼叫撕裂乡村的夜晚，似乎是从深渊粗哑而又尖厉地呐喊出这世间所有动物的苦痛。星光流淌在树木繁茂的山谷之间，一望无际的森林中隐约露出一座废弃的高耸的白色小教堂，看上去梦幻而古老。远望而去，河流、山川和天空交织成一片。

　　克林索尔站在阳台上，没有穿外衣，光着小臂靠在铁栏杆上，他滚烫的眼神中透出一丝消沉，品读着灰白的苍穹中洒满的星辰，在漆黑厚重、波涛起伏的树海之间透出剔透的光芒。那只孔雀提醒了他。是啊，已经是夜晚时分了。且夜色已深，他此时应当去歇息了，无论如何也要去睡了。如果他真的能够连续不断地睡上几个夜晚，睡眠时间能够稳定在六到八个小时，也许他还能够恢复一些。他的双眼也许能够更听使唤，更耐用些，内心也许能够更平静些，太阳穴也再无疼痛。可是如此，这个夏季就会落下帷幕。这场狂热的、闪烁摇曳的盛夏的梦就会告一段落。

克 林 索 尔 的
最 后 夏 天

千杯还未被品尝的美酒就会被挥洒浪费，千副充满爱意的钟情模样还未被看到就会粉碎化为泡影，千千万万无可修复的绝世画作再无面世的机会！

他将额头和疼痛的双眼抵在冰冷的铁栏杆上面，清醒了些许。可能在接下来的一年之内，甚至更快，他的双眼就会失去光明，他心中的团团焰火也会随之熄灭。不，没有任何人可以持续这种激昂热烈的生活。即使是他，即使是克林索尔自己也不行，尽管他好像是有十条命一般走运。没有人可以让蜡烛和火山永远熊熊燃烧；没有人可以夜以继日地闪闪发光，白天狂热地工作，夜晚狂热地思考，永远充满热爱，创作灵感源源不断，神经感官无时无刻不是敏感清晰的状态。像是一座宫殿，窗内每日笑声不断，每夜烛火通明，这一切都有结束的一刻。他已经挥霍太多的精力，消耗太多的眼力，太多的时光已经永远逝去。

他忽然笑了笑，舒展了下身子。他记得从前经常会有相似的感受，也经常会有这些思考和恐惧。他人生中那

克林索尔的
最后夏天

些美好、丰富而又炙热的时光，甚至是年少的时候，他也是这样生活的。他像是两端同时燃向彼此的蜡烛，怀揣着藏在内心深处对生命终点的畏惧，贪婪地饮尽酒杯中残留的一点一滴，半喜半忧地过度燃烧着自己。他从前就是如此生活，经常举杯痛饮，经常燃着气势汹汹的烈焰。有时他发作的结果还算平和，他会陷入一场无意识的深眠。而有时他的放纵就比较恶劣，是一场无知无觉的毁灭，是难以忍受的剧痛，是医生和治疗，是可悲的妥协弃权，最终软弱赢得胜利。并且毫无疑问，他的每一场燃烧的结局都比之前要更糟糕，更灰暗也更支离破碎。然而他总是能够挺过这些低谷。数周或数月过去，苦痛与麻木的尽头，是重获新生。新的火焰燃起，内心深处的火山再一次喷发，充满激情的新创作闪着迷醉的光芒诞生。他的生活就是如此，折磨和沉沦的苦痛片段就这样被遗忘，消散不见。这样不错。这一次也没什么不同，和以往一样，都会过去。

他微笑着想起了吉娜。晚上见过吉娜之后，回家的漫

长路上他的脑海里就充斥着对她深情的惦念。念着她的美
丽动人，念着她未经世事的羞怯里透出的那份灼热。他嬉
戏般地自言自语，就像之前在吉娜耳边轻声说话那样小声
道："吉娜！吉娜！卡拉吉娜！卡琳娜吉娜！贝拉吉娜！"

　　他回到房间，再次打开灯。他从杂乱的小书堆中挑出
一摞诗集。他想起一首诗，其中的一段美妙得无法言喻。
他找了很久才找到这首诗：

> 请不要留我于伤悲里
>
> 我的爱人，不要留我于黑夜里
>
> 哦，你啊，是我心之所向，我的烛光
>
> 你是我的旭日，你是我的光芒万丈

　　他如痴如醉地细细品味这诗中的一字一句。多么美妙
的诗句！多么温柔又充满魔力啊！哦，你啊，是我心之所
向，我的烛光。还有：你是我的旭日。

　　他微笑着踱步于高窗之间，背诵着每字每句，对着远

克林索尔的
最后夏天

方的吉娜呼唤："哦，你啊，是我的旭日！"他的声音如此
轻柔，以至于带着些许沉郁。

他打开画夹工作，漫长的一天过去，夜晚他依然将它
带在身边。他打开写生簿，翻看最后几页昨天和今天的画
作。一座锥形高耸的山峰连着深不见底的悬崖，经过他的
渲染看上去像一张疯狂的鬼脸。那山看上去像是在大声尖
叫，带着撕裂般的痛苦。山坡上坐落着半圆形的小石井。
拱形砖石的深邃阴影之上，一棵鲜花盛放的石榴树炽热
耀眼。这所有的一切都是给他独自观赏的，是属于他自
己的密码，是匆忙而又急切地记录记忆中稍纵即逝的那
些瞬间的符文记号，是他的灵魂与自然在这些片刻里产
生的新鲜又响亮的强大和谐的共鸣。随后是几张大幅的
画作，白色的纸上是明亮的水彩：一张是树林间红色的
房屋，红色的卡斯提格利亚铁桥和蓝绿色的山脉相互映
衬，紫罗兰色的水坝依偎在旁，连着粉色的道路。另一
张是砖厂的烟囱，红色的火箭，映照着浅冷的蓝翠绿色
指示牌，灿烂的紫色天空包裹着厚重的滚动云层。这张

不错，可以保留。接下来的这张相比而言就不尽如人意了，牲口棚的入口，红棕色的肃穆苍穹还可以，有灵魂有表达，但是这幅画只完成了一半。当时的阳光照耀在画纸上，使他的双眼刺痛难忍。他不得不将整张脸长时间地浸泡在小溪中来缓解。不得不说，那抹棕红与冷酷的钢蓝色是可圈可点的，没有一丝偏差，没有一丝失误。没有印度红的话他不可能如此完美地完成这一笔。在这片领域，有许多埋藏的秘密。自然界的形态，上与下、顶与底、薄与厚都是可以自由变换的。你可以摒弃一切旧习陈规去临摹大自然，你甚至可以伪造色彩。当然了，你可以增强、减弱，用上百种不同的方式去呈现色彩。但是如果你想要用色彩去创造一个虚拟的自然界，最重要的是那少数的几种需要精确表达的色彩，必须无限精准地表现出它们在真实的自然里所拥有的彼此间的联系与张力。在这一点上你要依附于自然，要完全做一个自然主义者，即使你用橘红色代替灰色，用深红色代替黑色。

于是，又一天就这样被虚度，收获寥寥。留下工厂烟

克 林 索 尔 的

最 后 夏 天

囱的那张，红色与蓝色的那张速写，兴许还有山脉的那张素描。如果明天是阴天，他想去卡拉比那，那里有一个门廊，当地的女人都去那里洗衣。如果明天又是雨天，他就待在家里，开始创作那幅画溪流的油画。现在可以就寝了，又已过了凌晨一点。

在卧室里他脱下他的上衣，用清水拍了拍肩膀，水滴落下来，滴在红色的瓷砖地上。他跳上他的高床，熄了灯。苍白的萨鲁特山窥进窗户，克林索尔曾上千次地躺在床上在心里描画它的形态。一只猫头鹰的啼叫声从峡谷林间传来，深沉而又空灵，如同深眠那样，如同遗忘那样。

他闭上双眼，想起了吉娜，想起门廊那里的洗衣坊。上天哪，千千万万的事情在等待被描画，千千万万斟满的酒杯在等待被一饮而尽。这个世界上没有一件事物是他不值得去描画的。这世上也没有一个女人是他不应当去爱的。时间为什么要存在？世间万物为什么非要有个愚蠢的前后顺序，而不是喧闹放纵地同时绽放？为什么此时的他要像一个孤寡老人一般独自躺在这张床上？这稍纵即逝的人生，你尽可以去享乐，尽可以去创造，然而到了最后，这一生最多也不过是吟唱着一首又一首的歌。这一整场大合奏，上百种歌声，上百种乐器，却从未同时释放过。

很久以前，在他十二岁的时候，他曾是那个有十条性命的克林索尔。男孩们玩了一场盗贼游戏，每一个盗贼都有十条性命。每一次你被对手逮住或者是被他扔的标枪碰到，就会失去一条命。但是只要你还有六条、三条，甚至一条命在，这个游戏就会继续进行。只有你失去了全部十条命的时候才算被淘汰出局。

但是他，克林索尔，为了自己的骄傲，可以十条性命都不丢地赢得游戏，如果游戏结束他剩下九条或者七条命，他就会觉得是种耻辱。他曾经就是那样的孩子，在那难以置信的岁月里，世间的一切似乎皆有可能，没有任何事看上去难以做到。那时所有人都爱着克林索尔，那时的克林索尔可以指挥任何人。那时的一切，都属于克林索尔。自此以后的克林索尔，就一直带着他的十条

克 林 索 尔 的
最 后 夏 天

命活着。即使他从未得到过那场理想中的喧闹放纵的澎湃大合奏，他的奏乐也从不是单调贫乏的。他的琴总会比其他人多几根琴弦，他的火炉总会比其他人多出几块红铁，他的荷包总会比其他人多出几枚硬币，他的马车前总会比其他人多出几匹骏马。

花园一片漆黑却又透露着生机，仿佛一个沉睡的女人。孔雀尖厉地啼叫着，他心中的一团火熊熊地燃烧着，他的心脏，狂跳着，哭喊着，受尽折磨又重获喜悦地流动着汩汩热血。卡斯塔格奈塔的这场夏季终归是美好的。他辉煌地住在他古老宏伟的废墟之中，辉煌地眺望眼下层峦叠嶂的山脊上，无穷无尽的栗子园。以前他很享受急切地下山，沿着这庄严古老的林间与城堡，去探望并用画笔重现其鲜艳俗丽的那些灰色的小物件工厂、铁路、蓝色公车、码头挂着海报的柱子、昂首阔步的孔雀、女人、牧师和汽车。他心中藏匿的情感如此美妙又痛苦，令人费解。这份热爱摇曳着渴求的光芒，追逐着世间每一缕斑斓和破碎。这份想要去观看和呈现的甜蜜而又狂野的冲

克 林 索 尔 的
最 后 夏 天

动，在薄薄的一层外壳之下，他暗暗深知这一切都是他的稚气，一场浮华。

短促的夏夜燃烧着融化而尽。幽绿深邃的山谷之中升起热气，成千上万的树木向外渗出汁液，成千上万的梦境由克林索尔的浅眠之中涌出，他的灵魂穿越过他生命中的一片片镜像，在那里所有的影像都被互相叠加着，每一次都是新的面孔和新的意义，串联起崭新的羁绊，如同苍穹中的整片星辰被塞进骰筒中摇晃。

在这许多令人愉悦的梦境之中，一幅特别的景象震撼了他。他躺在森林中，一个红色头发的女人躺在他的腿上，一个黑色头发的女人依在他的肩膀上，还有另一个女人跪坐在他的身旁，握着他的手，亲吻着他的手指，在他周围四面八方都是女人和女孩，有一些还是幼小的孩童，有着纤细的长腿，她们有的正值青春，有的已经成熟，倔强的脸上透露出知性和疲倦。而她们所有人都爱着他并且都渴望得到他的爱。于是愤怒的争斗在她们之间爆发，红头发

克林索尔的
最后夏天

女人挥起狂怒的一只手，伸进黑头发女人的发丝中，狠命一扯将她摔在地上，自己也被拽倒在地。女人们冲撞着彼此，每个人都在尖叫、在流泪，每个人都在撕咬、在伤害，每一个人都在受着苦痛折磨。大笑和愤怒的哭号混乱地交织成一团，鲜血四处流淌，女人们的指甲嵌进丰盈的皮肉之中，鲜血淋漓。

伴随着悲痛和忧愁，克林索尔从梦中醒来了几分钟。他瞪大着双眼，盯着墙面上透着光的洞。那些围困彼此的女人的脸还浮现在眼前，他追溯着梦境回忆整理出很多她们的名字：妮娜、赫敏、伊丽莎白、吉娜、伊迪丝、贝尔塔。他似还被梦境纠缠着般用嘶哑的嗓音喊道："孩子们！住手吧！你们可知你们在说谎，你们可知你们在欺骗我，你们应当撕碎的不是彼此，而是我！是我！"

克林索尔的
最后夏天

路 易

　　冷酷的路易突然拜访。克林索尔的老朋友，这位总在路上的，行踪难料的，以铁路为家、背包为工作室的流浪旅人就这样突然造访。美好的光阴也就如此突然开启，清风徐徐的美妙光阴。他们在迦太基，在橄榄山上，共同作画。

　　"我真想知道这所有的绘画创作到底有没有真正的意义。"路易在橄榄山上的时候这样问道。他赤裸着趴在草地上，后背被日光晒得通红。"你知道的，我的朋友，我们画画，不过是因为没有其他更好的事情做了。假如你此时正拥着深爱的女孩在怀，盘中也正盛有最爱的汤羹，你就不会去理睬面前这毫无意义的孩童的游戏了。大自然拥有成千上万种绚丽色彩，然而到了我们的手上，光谱却减少到二十余种。这就是绘画。我们从不知满足，不仅如此，我们还要帮助那些艺术批判家完成他们的工作。然而换个角度，一碗美味的马赛鱼肉汤，亲爱的，再配上一杯简单的温热的勃艮第红酒，之后再来块米兰的嫩煎牛肉、梨和戈贡佐拉干酪作为甜点，配上土耳其咖啡——这才是现实，我亲爱的先生，这才叫作真正的价值！你们巴勒斯坦的人吃得好差啊！啊，我真希望我就是一棵樱桃树，樱桃都从我的嘴里长出来，靠在我身上的梯子上就站着我们今天早上邂逅的那位阳光小麦肤色的充满活力的女孩。克林索尔，放弃绘画吧！我邀请你去拉古诺吃顿饱餐，也快到吃饭的时间了。"

"你说真的？"克林索尔眨着眼睛问道。

"绝对认真。只是现在我要先快点赶去车站。跟你坦白讲，我给一个女性朋友发过电报，告诉她我就要死了。她可能晚上十一点的火车就到了。"

克林索尔大笑着将还未完成的画作从画架上撕下来。

"你是对的，我的好朋友，我们一起去拉古诺吧！穿上衣服吧，路易。虽然这里民风淳朴，很不幸你还是不可以这样浑身赤裸地进城。"

他们进了城，一起去了车站，一个漂亮的女人已经抵达了。他们在一家餐厅里心满意足地吃饭，克林索尔在乡村中那几个月的时光已经忘记了这种感觉，他惊讶于这所有的一切还存在着，这美妙的一切：鲑鱼、烟熏火腿、芦笋、夏布利酒、瑞士多勒葡萄酒、百帝王小麦啤酒。

晚餐过后，他们三个人一起坐着缆车越过陡峭的城市，在房屋之间穿梭，越过一扇扇窗，越过藤蔓花园。真美啊！他们待在座位上再一次乘着缆车下来，就这样上上下下好多遍。这个世界是如此神奇又美丽，色彩斑斓又无比珍贵，有些令人难以置信，有些充满变数，但仍然可爱得令人着迷。但是克林索尔有一些局促，他摆出一副漠不关心的样子，因为他不想不小心爱上路易这位美丽的朋友。他们一起去了咖啡店，一起在公园散步，在午后炎热的空气中，他们一起躺在河岸的参天大树下。他们看到一幅很值得画下来的景象：坐落在深绿色蛇纹树和生了蓝棕色锈斑的烟树丛中，红宝石一般的房屋。

"你描画过许多令人愉悦的美好事物，路易。"克林索尔说道，"那些我钟爱的事物：旗杆、小丑、马戏团。但是对我来说，最珍贵的是你那幅黑夜中的旋转木马中的一部分。你知道吗，在无尽的黑夜之中，在紫罗兰色帐篷的遥远上空，灯火尽头的远方，这面孤零零的渺小粉色旗帜是如此地美丽，如此地冷酷，如此地孤独，实在是太孤独了！就好像李太白或保罗·魏尔伦的诗那样。这世间所有的悲伤和所有的妥协遍布在这面小的滑稽的粉色旗帜上，然而它却又冷眼嘲笑这悲伤妥协。你画出了这面小小的旗帜算是不负此生了。在我看来这是你此生最伟大成就之一啊，就这小小的一面旗帜。"

"是的，我知道你有多喜欢它。"

"你自己也喜欢它啊。你看，如果你没有画出过这样的一些事物，所有的美酒和美人还有上好的咖啡，都对你没有多大的益处，那样的话你只会是个贫穷的魔鬼。但是实际上你是个富足的魔鬼，有这么多志同道合的人追随你、喜爱你。你知道吗，路易，我经常会像你一样思考：我们创造的所有艺术都不过是替代品,是被十倍高价买下的痛苦的替代品,它被买下,去替代那些错过的生命,遗失的生物和没有被珍惜的爱意。但事实并非如此,一切都跟人们想象的相悖。如果我们仅仅用脑海中的想象去低廉地替代那些缺失的感官体验,那我们就高估了感官带给我们的愉悦。感官的体验一点也不比灵魂感受更有价值,反之亦然。一切都是合一的,一切都是平等的美妙。不管你是揽美人在怀还是作一首诗,都是一样的。只要核心还在,只要那炽热的爱、激情还在,无论你是阿索斯山上的僧侣,还是巴黎城内的花花公子,都是一样的。"

路易缓缓地抬头向他看过来,眼神中充满嘲弄。"我的朋友啊,你也变得太矫情了。"

他们和这位美丽的女孩一起在附近又转了转。他们两人都很擅长观察和欣赏,这是他们的能力。穿梭在几个小城镇和村庄之间,他们仿佛看到了罗马,看到了日本,还有南太平洋,之后又嬉闹地用手指打散这些想象。他们的天马行空令无边苍穹的星光亮起又熄灭,在繁华的夜晚,

克 林 索 尔 的
最 后 夏 天

他们升起自己的生命之光。这个世界此时便是一个肥皂泡，承载着歌剧和荒唐的喜悦。

克林索尔作画之际，路易鸟儿一般地跳上他的自行车，穿山越岭，往来复始。克林索尔浪费了几日大好时光之后，这会儿又坚定地坐在外面开始工作。路易并不想工作，他和他的女同伴一起突然地离开了这里，从远方还给他寄来了明信片。就在克林索尔快要放弃，以为他将从此杳无音信的时候，他又突然回来了。他穿着敞着怀的衬衫，戴着草帽站在门口，就像从没有离开一般。于是又一次克林索尔从他年轻甜美的生命之杯中尽情啜饮着他们奇妙的友谊。他曾有过许多朋友，许多朋友曾爱着他，他也对这些朋友无私奉献，对他们尽情敞开心扉。但是这个夏天只有两个朋友仍能从他唇齿间聆听到他真正的心声：画家路易和那位他称为杜甫的作家赫尔曼。

有几天路易在田野中坐在他的画椅上，乘着梨树和李子树的阴凉，什么也不画。他就坐在那里思索，画纸夹在画架上，他却在那里写作，写了一篇又一篇的信件。写这么多信件的人会快乐吗？他奋笔疾书，对其他一切漠不关心，几个小时过去，他还专注地盯着手中的纸张。他将心中激荡着的情绪全部倾注于这些信件。克林索尔为此爱着他的这位朋友。

因为克林索尔完全不同。他无法保持沉默，也无法掩藏心中埋藏的情绪。他的秘密和苦闷都会告知身边亲密的朋友。他时常会受焦虑和抑郁症的折磨；他时常会身陷黑暗之中觉得身心被束缚，无法喘息。有的时候他年轻时过往的阴影会笼罩他的现实生活，将其埋在一片阴霾当中。然后路易出现了，见到他的时候克林索尔总会开心，然而有时候他也会对路易倾诉自己的感受。

但是路易不喜欢看到这些软弱和脆弱。因为这些都会让他心生痛苦，需要他的同情和理解。克林索尔已经习惯向他的朋友们敞开心扉，但是他没有意识到这样做会让他渐渐失去这位朋友。

路易再一次谈起远行。克林索尔知道他只能留他仅仅几天了，也许是三天，也许是五天。到了那时路易就会突

然拿出已经打包好的行李箱，然后离开，并且一走就是许
久。生命真是短暂啊，一切都如此难以挽回。路易是他的
朋友之中难得能够明白他的心的，就连路易的画风也和他
的如此相像，旗鼓相当。可是现如今他搞砸了一切，他吓
到了他唯一的真正的朋友，路易渐行渐远，只因他愚蠢的
脆弱和懈怠，只因他的幼稚和不得体的想要逃避困难的本
能，只因他舍弃尊严也要毫无保留地倾诉心声。一直以
来他是多么傻、多么幼稚啊！为此克林索尔在心中斥责自
己——为时已晚。

最后一天他们一起在金色的山谷中徒步。路易的状态
很好，远行对他来说就像迁徙的鸟迎接崭新的春天。克林
索尔也不禁被他的心情感染。他们又找回了往日轻松愉悦
又戏弄的语气，这一次他们都没有虚度这种时刻。傍晚他
们坐在客栈的花园里。他们点了特制的煎鱼，配上米饭和
烤蘑菇，将黑樱桃酒浇在蜜桃上面。

"你明天要起程去哪里？"克林索尔问道。"我也不知
道。""你要去找那位美丽的女士吗？""是的，也许吧。谁

知道呢？别问那么多问题啦。此时此刻我们已经到了分别的时刻，就让我们一起好好地享受这上好的白葡萄酒吧。我有点想喝诺伊斯堡酒。"

他们喝着酒，突然路易大喊道："我离开这里是件好事啊，老海豹。有的时候当我像现在这样坐在你身边的时候，脑海里就会出现一些滑稽的声音。

"我会想，现在我们国家所培养的画家当中有两位此时就一起坐在这里，但是马上我就会隐约有种糟糕的预感，就好像我们是两尊青铜像，手牵着手并排站在纪念碑上。你知道吧，就像歌德和席勒那样。毕竟他们就这样注定牵着对方的青铜手站在那里那么久，以至于在我们的眼里逐渐变得面目可憎，也不是他们的错。也许他们曾经也是十分优秀的同僚——几年前我曾经读过席勒的一部剧本，真的很不错。但是看看现在的他，他变成了一尊只能一直站在他的连体双胞胎旁边的纪念碑，我们看着他们杵在架子上，听着他们被来参观的学生们分析讲解。真的很可怕。想象一下，一百年后一位教授向他的学生们信誓旦旦地介绍说：

克 林 索 尔 的
最 后 夏 天

克林索尔，生于一八七七年，而他的同时代伙伴路易，人
称饕餮，绘画界的先锋，解放了色彩的自然性，当我们仔
细研究这两位艺术家，我们会发现三个特征清晰的时期。
我还不如此时此刻把自己扔到火车头下面去！"

"现在想想还不如把这些教授都扔到火车头下面去
呢！""我们没有那么大的火车头。我们的科学技术很受限。"

星光已经洒满天际。路易突然用手中的酒杯碰了碰朋
友的酒杯。

"好吧，再喝一杯，我们饮尽这些酒吧。然后就让我骑
上我的自行车和你告别吧。我们不要优柔寡断地离别。就
现在，干杯吧！克林索尔！"

他们碰了杯，一饮而尽。路易在花园里骑上他的自行
车，挥了挥他的帽子，离开了。夜晚，星光。路易连中国
都去过。路易属实是个传奇。

克林索尔伤心地笑了一笑。他在客栈花园里的碎石上
站了许久，久久地注视着空荡的街道。

在卡雷诺的一天

　　克林索尔和来自巴雷尼奥的朋友们，以及阿格斯托还有厄尔丝利亚一同出发打算漫步到卡雷诺。清晨他们从郁郁芬芳的绣线菊丛中出发，树林边沾着露水湿润的蜘蛛网在风中微微颤抖，他们沿着陡峭而温暖的森林下山，走入潘潘比渥的山谷，金黄色的道路旁是沉静的金黄色房屋，它们没精打采地前倾着，在盛夏的天气里不知所措。干涸的河床边，金色的柳树枝垂着沉重的枝梢，压在金色的草地上。这一群朋友穿得五颜六色，沿着蔷薇色的小路，穿过雾气弥漫的绿色山谷：男人穿着白色和黄色的亚麻与丝绸，女人们穿着白色和粉色，厄尔丝利亚的维罗纳绿色阳伞闪着耀眼的光芒，仿佛魔法戒指上镶嵌的宝石。

　　"真可惜啊，克林索尔，"医生朋友用他和蔼的嗓音略带哀怨地说道，"你那些美好奇丽的水彩颜料在十年后都会变成白色。你如此钟爱的这些颜料都不能持久留存。"

"是啊，"克林索尔说道，"更糟糕的是，医生，你如今漂亮的棕色头发在十年后也会变得灰白，再久一点我们如今健康的骨骼就会被埋在地底不知道哪个坑里，这也包括，唉，你漂亮又健康的骨骼，厄尔丝利亚。我的朋友们啊，我们现在才开始意识到这些也有点迟了吧。赫尔曼，李白是怎么说的来着？"

诗人赫尔曼站在原地开始吟诵：

浮生速流电，

倏忽变光彩。

天地无凋换，

容颜有迁改。

对酒不肯饮，

含情欲谁待。

"不是，"克林索尔说道，"我说的是另一首诗，押韵的那首，描写关于头发在早晨也是黑色的那首……"

赫尔曼立刻反应过来，又开始吟诵：

高堂明镜悲白发，

朝如青丝暮成雪。

人生得意须尽欢，

莫使金樽空对月。

克林索尔用他那有些沙哑的嗓音大笑起来。

"好一个李太白啊！他真是个先知，预料到了好多事情。我们也了解这个世界的许多——他就像我们那个聪明的大哥。今天这个微醺的日子，他一定会很喜欢。这个美好的夜晚很适合以李白的死法死去——死在宁静的河水上、宁静的小船上。你看着吧，今天的一切都会无与伦比地美妙。"

"李白死在河上那算是什么样的死法呢？"艺术家玛莎问道。

克 林 索 尔 的
最 后 夏 天

厄尔丝利亚用她亲切而又低沉的嗓音打断了他们的对话："别说了。从现在开始我会讨厌任何还要再谈论死亡这件事的人！停止这个话题吧！可恶的克林索尔！"

克林索尔大笑着走到她身旁。"你说得很对！孩子！如果我再说关于死亡的任何一个字，你大可以用你的阳伞戳我的双眼！但是说真的，今天真的太美妙了，我亲爱的朋友们。一只鸟儿今天放声歌唱，一定是童话里跑出来的鸟儿吧，今天早上我就听到过它的歌声。今日的微风吹拂，也一定是童话里吹出来的风儿吧，它是来自天堂的孩童，唤醒了沉睡的公主，吹散了人们脑中的一切杂念。一朵花儿在今天盛放，也是童话里盛开出来的花儿吧，这蓝色的小花一生只能盛放一次，谁能够摘下它，就能获得一生的幸福。"

"他说的这些有什么意义吗？"厄尔丝利亚转头问医生朋友。

克林索尔听到了："它的意义就是：今天将一去不复返，所以今天没有珍惜美食和美酒，放弃品尝甚至放弃嗅上一嗅的人们将永远不会再有第二次机会。太阳永远不会再像今天一模一样地闪耀，它在天上的群星之中，和木星有着某种联结，与我，与阿格斯托还有厄尔丝利亚，与我们所有人都有某种联结。这种联结永远不会再次发生，一千年也不会再次发生。我想要在你的左边走一会儿，因为这会带给我好运。撑着你绿宝石颜色的阳伞吧——在它反射的光芒下我的脑袋看起来会像一块猫眼石。但是你必须也要做些事，比如唱首歌，你最拿手的一首歌。"他挽起厄尔丝利亚的胳膊，他棱角分明的五官在阳伞蓝绿色的阴影下显得柔和许多。他爱上了这种颜色：这绚丽甜蜜的颜色令他欣喜。

厄尔丝利亚开始歌唱：

我的爸爸不情愿，把我托付给一位步兵——

剩下的人也加入了歌唱，他们继续走着，向着森林的方向，走进森林，直到需要攀爬的路变得太过陡峭。小路向上延伸着，像穿过蕨类植物的一架天梯，丈量着宏伟的山脉。

"这首歌可真是不可思议的直白啊！"克林索尔夸赞道，"父亲反对爱情这回事，一直都是如此。于是他们就选了一把十分锋利的刀，用其杀死了父亲。他便被如此摆脱。他们是夜晚动的手，没有任何人看见，但是月亮目睹了一切，虽然它不会背叛他们；星星也目睹了一切，虽然它不会说话。而上帝啊，最终也会给予他们原谅。多么真诚又美丽的作品啊！当今的诗人如果这样写，一定会被乱石投死吧。"

他们顶着太阳爬着狭窄的山路——栗子树在阳光之中斑驳陆离。克林索尔抬起头看见他面前玛莎纤细的小腿，透明的丝袜透出粉红的肌肤。他又回过头看到绿色的阳伞笼在厄尔丝利亚微卷的黑色头发上。阳伞下面她穿着紫罗兰的丝绸，这是他们几个人中唯一深色系的元素。

一家蓝橙相间的农舍的草地上，掉落了一地盛夏的苹果，清凉又酸涩。他们品尝起这些苹果。玛莎热情地开始讲述起在巴黎塞纳河时的远足，那还是战争爆发之前的事

克 林 索 尔 的
最 后 夏 天

情。啊，是啊，巴黎，那时候一切都还很美好。

"这些都一去不复返了，永远不复返。""也应当如此，"画家激动地喊道，猛烈地摇着他的雀鹰脑袋，"任何事都不该再次发生。为什么要再次发生！是战争粉饰了过去发生的一切，让那些时光如今看上去就像天堂一样的存在，甚至包括那些愚蠢的往事，那些我们完全可以遗忘的毫无意义的事情。没错，在巴黎的一切很美好，罗马的一切也很美好，阿尔勒的一切同样很美好。但是如今的一切就比不上之前的美好了吗？此时此刻的一切？天堂不是巴黎，不是和平年代，天堂是我们当下的一切。它就在这山顶上，一个小时之后我们就会身处其中。我们就仿佛盗贼，而耶稣会说：'今日你与我同在天堂。'"

他们走出斑驳树荫下的林间小路，走上更宽阔的公路，明亮而炎热，一路蜿蜒上伸。克林索尔戴着深绿色的墨镜，总是落在队伍的最后，他经常故意走在最后观察人们行进的模样和他们身上色彩的碰撞组合。他此行故意没有随身带上任何与工作相关的东西，连那个小小的笔记本也没有

克 林 索 尔 的
最 后 夏 天

带。尽管如此他还是无数次驻足，被眼前的景象震撼。他
枯瘦的身影孤独地站在洋槐林的边缘，身上的雪白映衬着
公路上红色的沙砾。日光垂直泼洒下来，万般色彩从山崖
深处蒸腾而出。附近的山脉之上，绿色与红色和白色的村
庄和谐地融合，发蓝的山脊隐约现出；远处，层峦叠嶂的
山脊的蓝逐渐淡去。遥远的尽头，水晶似的雪顶山尖如梦
似幻。洋槐林和栗子树林之上，坚硬的石墙和萨鲁特山的
驼峰浮现，显现出红色和浅紫色。但是比这些还要更美
的，是同行的人们。他们在明亮的光线中，站在一片翠绿
下仿佛花朵。绿宝石色的阳伞发着光，好像一只巨大的圣
甲虫。伞下厄尔丝利亚一头乌发，苗条而苍白的画家玛莎
有着一张粉红的脸颊，剩下的人们也是一样美丽。克林索
尔贪婪地观察着眼前的伙伴们，但是心中的思绪却牵挂着
吉娜。他还要有一周见不到她，她此时正在城市中的办公
室里坐着，在打字机上勤奋地工作。他很少有机会见到她，
并且也不是单独相处。他爱着她，爱她胜过爱其他的所有
人，即使她对他的了解甚少，也不理解他，在她的眼中他

只是个陌生的人，一位有名气的外国画家，可是多么奇怪啊，他就是唯独钟爱她，没有其他任何人的爱意可以令他心满意足。如此为一个女人着迷不像他一贯的作风。但是为了吉娜，他却如此渴望在她身旁待着哪怕一小时，渴望握紧她纤细的手指，将他的脚伸在她的脚下，在她的颈上印下轻轻一吻。他也思考过为什么自己会这样，实在是个滑稽的谜团。难道说这已经是人生哪个转折点了吗？是他的年纪到了这个节骨眼儿了吗？是因为四十岁的中年男人对二十岁女孩的迷恋吗？

他们爬到了山脊，站在山峰远眺，他们看到一个更广阔的世界：杰娜诺山，高耸似不真实，从无边无际的陡峭锋利的山锥中脱颖而出，太阳斜斜地靠在山后，每一片高原都似搪瓷般金光闪闪，飘浮在一片深紫色的树影之上。在山与他们之间广阔的空间充斥着盈盈微光的湿气，深不见底的狭窄蓝色湖泊，静静地躺在森林的绿焰中央。

山顶上有个很小的村庄：一座较小的庄园，有四五座石砌房屋，刷着蓝色和粉色的漆，有座小教堂，一座喷泉，

克林索尔的
最后夏天

还有樱桃树。同行的伙伴在喷泉边停下脚晒太阳，克林索尔继续走，经过一扇拱门来到一个有阴凉处的农家庭院。里面有三座蓝色的房屋，只有几扇很小的窗户，房之间是草地和沙砾，有一只羊，还有些荨麻。一个孩子从他身旁跑过。他将她唤回来，从口袋里拿出巧克力。孩子停下来，他抱起她，轻抚着把巧克力喂给她。她害羞又可爱，这个黑棕色皮肤的女孩有着一双警惕的黑色双眸，像只小动物，裸露着棕色的发光的两条纤细的腿。"你住在哪里？"他问道。女孩跑向悬崖边的房屋，跑进离他们最近的房门。像原始石洞的漆黑石屋里，一个女人走出来，是这个女孩的母亲：她接受了女孩没接下的巧克力。女人穿着脏旧的衣服，露出棕色的脖颈。一张棱角分明的宽脸，被阳光晒得黝黑。她有着一张宽大却美丽的嘴，大大的眼睛，整个人呈现出一种毫无粉饰的动人。她身上亚洲式的特征沉默地诠释着"女性"和"母亲"。他引诱般地倾向她，她微笑着躲开他，把孩子拉到两人之间。他于是转身走开，却又下定决心返回。他想要画下这个女人，又或者当她的爱人，即使是一个小时的爱人。

克 林 索 尔 的
最 后 夏 天

她是一切：母亲、孩童、情人、野兽、圣母。

他缓慢地回归到一行伙伴当中，心中充斥着美梦。在庄园里那间看上去空荡荡锁着的房屋的墙上，留存着古老粗糙的炮弹。一条形态古怪的石阶穿过灌木丛通向山间的小树林，山丘的顶上有座纪念碑。一尊巴洛克式的半身像孤独地伫立在那儿：身上是华伦斯坦的戏服，卷发，细卷的胡须。正午明媚的阳光照耀着这座山丘，鬼魂幽灵的微光萦绕山间。光怪陆离的世界像是被调了几个八度，神秘又变幻莫测。克林索尔在井边饮水，一只燕尾蝶飞过来，吮吸着井边石岩上喷散出来的几滴清水。

公路盘在山脉的脊梁上，依附在栗子树和核桃树下，躺在阳光和阴影之间。一个拐弯处的路旁有一间小教堂，黄色的，看上去有些历史了。壁龛里有些褪色的陈旧古画，一位圣徒的脑袋，天使般甜美稚嫩，她红棕色的衣服只剩下一块碎片，剩下的全都破碎了。克林索尔钟爱古画，尤其是不经意间遇到的那些古画。他钟爱着这样的壁画，钟爱着这些老旧的艺术回归尘土的模样。

克 林 索 尔 的
最 后 夏 天

　　接下来还是无穷无尽的树影、葡萄藤和无尽头的令人眼昏的炎炎山路。又一个转角：他们迎来了旅途的终点，然而出乎意料的是，一道黑色的拱门映入眼帘，一座红色石砌的高耸教堂，自信昂扬地直插天穹。小广场上洒满了阳光、尘埃，一片沉寂。草地被阳光灼到发红，踩在脚下发出焦脆的声响。墙面反射出炯炯日光，一个圆柱上有座雕像，在烈焰的光辉中难以辨认，宽阔的广场远处，一排石栏杆凌驾于无边蔚蓝之上。再往远处就是卡雷诺村庄，看上去古老、渺小又昏暗。萨拉森人的阴郁的石洞在褪色的棕砖下面，似梦般令人压抑的狭窄小巷充斥着无底的黑暗，几片小小的广场空地在光明炽热的阳光下战栗，似非洲和长崎，上面是森林，幽蓝深渊在下，在这一切的上面却仍是万里晴空和绵白饱满的云层。

　　"真有意思，想想我们寻找方向探索这个世界要花多长的时间啊！"克林索尔说道，"几年前，我去非洲的那一次，我在特快列车上经过一个地方，大概开出去也就三英里 ①

---

　　①　1 英里 ≈ 1.609 公里。

或者五六英里的样子吧，我却根本不知道有那样一个地方。从非洲我又去了亚洲，那个时候继续去亚洲仿佛是一定要做的事情。可是我在那里看到的一切如今就全在我的眼前：原始森林、炎暑、美丽松弛的一群人、阳光、神庙。这么久以来我才懂得一天之内可以走访三个大陆！这三个地方此时全部聚集于此！欢迎你，非洲！欢迎你，日本！"

同行伙伴们知道这里住着一个年轻的姑娘，克林索尔很是期待见见这个素未谋面的女郎。他管她叫高山女王——他小的时候读过一个神秘的东方故事，这称号就从那儿来。

他们的旅行小队满怀期望地穿越幽蓝的峡谷，没有看到一个人影，没有听到一点声响，这里甚至没有一只鸡或是一条狗。然而透过一个窗眼，克林索尔看到远处静静伫立着的那个身影。一个美丽的女孩，黑色的双眸，一头乌黑长发上系着红色的方巾。她等候的远眺撞上了克林索尔的注视。他们彼此对视了有一次深呼吸那么久的时间，郑重地凝视进对方的眼底，两个毫不相干的世界就在此刻向对方靠近。两人都莞尔一笑，这是两性之间真挚又永恒的一次问候，也是古老甜蜜、毁灭性的敌对。拐过屋角，他这个已然逃离的陌生男人，闯进女孩的嫁妆箱里，成为万千图景的其中一幅，万千幻梦的其中一场。

这小小的刺，扎痛克林索尔从不满足的心，有一瞬间他犹豫了，想过原路返回。但是阿格斯托呼唤了他的名字，艾米莉亚开始歌唱，朦胧的那面墙逐渐消失不见，一个明亮的小广场中静静立着两个黄色的宫殿：狭窄的石砌阳台，关着的窗，仿佛辉煌的歌剧舞台等待开场。

"到达大马士革了，"医生朋友喊道，"女人中的璀璨明珠——法提玛住在哪里呢？"出人意料地，答案从小一点的那间宫殿里传出来。半掩着的阳台门后那片昏暗的阴凉之中，一个奇特的声响传来，紧接着又是一声，同样的声音重复了十次，接着又是高八度的十次——有人正在给一架钢琴调音，大马士革城中心就如此响起悦耳优美的钢琴声。

那就是了：这里一定就是她居住的地方。但是这栋房子看上去像是没有入口似的，只有一面黄色的墙和两个小阳台，在他们之上山墙的灰泥上有一些图画：蓝红相间的花丛和一只鹦鹉。这里一定是有一扇画在其中的门，你敲三下，然后说"芝麻开门"，门就会猛地打开，然后客人就会被热情招待，会有芬芳的香氛，山之女王会坐在高高的殿台上，戴着神秘的面纱，奴隶女孩们在她的脚下畏缩着，画上的那只鹦鹉会尖厉地叫着飞过来，落在她的肩膀上。

他们在侧巷里找到一扇小小的门。门铃很大声，这个魔鬼一样的机械装置充满愤怒地叮当作响。一道狭小的像个梯子一样的楼梯伸上楼去。很难想象这架钢琴是如何被搬进这栋房子里的。是通过窗户搬的吗？还是通过屋顶？

一条黑色的大狗猛冲过来，后面跟着只小小的金色松狮。突然一阵嘈杂震得楼梯都跟着晃动，噪声掩盖之下，钢琴第十一次奏响。一个漆得粉白的房间洒出温柔美好的几束光线。一扇扇门都关上了。那只鹦鹉去哪儿了呢？

忽然，高山女王出现在眼前，像朵纤弱柔软的花儿似的站在那里，身形端正，一袭红衣似燃烧的烈焰，充满了青春与生机。克林索尔的眼前，曾钟爱的上百张图画此时全都消散开来，一幅崭新的肖像出现，代替了它们的位置。

他立刻明白,他要把她画下来,不是画下她真实的轮廓,而是画下他感受到的来自她的光芒。他要画下她身上的诗意,画下这甜美的色调:青春,热情的红,炙热的金,她的勇士精神。他可以盯着她观察一个小时,甚至几个小时。他想要看着她踱步,看她的坐姿,看她欢笑,或许还能看她翩翩起舞,或许还能看她放声高歌。这一天无比荣耀,一切都被赋予重大的意义。其他还有可能发生的事都将成为额外的馈赠和奢侈。这世上的事情总是这样,一场邂逅不会单独发生,总有一只鸟会先飞来,万事都有预兆:门前那位亚洲面孔的充满野性的母亲,窗前那位黑发的美丽村庄少女,还有此刻发生的一切。

　　有那么一瞬间一个念头在他脑海中闪过:如果我再年轻十岁,就年轻短短的十年,这个女孩就可以拥有我,俘获我,使我任由摆布。但是现在,你太年轻了,小小的红衣女王啊,你对于年老的巫师克林索尔来说实在太年轻了!他会赞颂你,会无比真诚地了解你的心,但是他却不会朝拜你,不会为与你相见而攀梯,不会为你而殊死决斗,

克 林 索 尔 的
最 后 夏 天

不会在你美丽的阳台下唱小夜曲。不会，很可惜这一切他都不会做，老画家克林索尔，这老公羊是不会这样做的。他不会真正地爱你，不会像凝视那个亚洲女人一样地凝视你，也不会像与窗前那个黑发少女对视一样地与你对视，即使她与你年龄相仿。对那个少女来说，他似乎不算太老，仅仅对于你，对于高山女王，对于山坡上这朵鲜红的花儿来说，他才是太老。克林索尔能从一整天的忙碌工作和一整晚的痛饮红酒之间奉献给你的爱是远远不够的。这样也好，就让他的双眼贪婪地品尝你这杯美酒，纤弱的焰火啊，就让他在你于心间飘散的漫长岁月里，慢慢知晓你。

穿过开放拱门之间铺设着石地板的房间，他们走进一个大厅，奇异的巴洛克式塑像昂首矗立在高门上方，四周暗色的粗绒上画着海豚、白马，还有粉红色的丘比特漂游在众神拥挤的海洋里。地上散落着几把椅子和一些零落的钢琴部件，偌大的房间，再无其他。两扇吸引人眼球的门通往阳光泼洒的歌剧广场上方的小阳台，阳台的斜对面，相邻的华丽宫殿阳台同样夺目，同样被美丽的图画包裹着。画

克林索尔的
最后夏天

上一个圆润的红衣主教仿佛一条金鱼，沐浴游荡在暖阳之中。

他们停下脚步。在大厅里拿出自己准备的食物，铺好小桌子。游人带来了葡萄酒，还是来自北边的珍稀白葡萄酒，这是把打开回忆大门的钥匙。调钢琴的人不见了，被拆开的钢琴静默着。望着钢琴暴露在外的内脏——闪闪发光的琴弦，克林索尔陷入沉思，接着轻轻地闭上了双眼。他的眼睛很痛，但是这盛夏之歌还在心中荡漾，撒拉逊母亲在歌唱，卡雷诺深蓝的梦境在歌唱。他品尝着美食，和朋友们碰杯，高谈阔论，而在这所有的背后，他脑中的画室还在此刻活跃地工作。他的双眼收纳进狂野粉红的一朵罂粟，就像无边的海水包容了一条鱼。一位呕心沥血的年代史编者在他的脑海中坐在那里认真地记录所有的形态、动态和韵律，就像在黄铜柱上记录一般。

欢声笑语充斥整个大厅。医生和善机灵的笑声，厄尔丝利亚低沉又友善的笑声，阿格斯托强壮又收敛的笑声，还有玛莎鸟儿般的笑声。诗人多愁善感，克林索尔谈笑风生。仔细看还有那位小小的羞怯的红衣女王坐在她的客人

克林索尔的
最后夏天

之间，在海豚和白马之间走来走去，时而驻足在钢琴的旁
边，时而蜷缩在垫子上面，一会儿切面包，一会儿又用她
稚嫩的手不熟练地倒着红酒。清冷的大厅回荡着愉悦，黑
色的眼睛和蓝色的眼睛都闪烁着光芒，高阳台门外，迷人
眼的正午阳光正俯视着一切，守卫一切。

极品美酒在杯与杯之间流动，和简便冰冷的食物对比
起来无比美味。红衣女王裙上的艳丽光芒游移在整个大厅
之中，所有男人的目光机警地随之游移。她消失不见，过
了会儿系上条绿色的腰带重新出现。她消失不见，过会儿
又系上条蓝色的头巾重新出现。

吃过饭后，一行人疲倦又快乐地来往于树林，躺在草
地和苔藓上。阳伞闪烁微光，草帽下的面庞熠熠生辉，太
阳还是一样热烈而滚烫。高山女王的红裙铺展在绿色的草
地上，脖颈衬得白皙，一双高靴明艳活泼地包裹着纤细的
脚踝。克林索尔在她的身旁，观察她，品读她，将她填满
心间，如同小时候读那个神奇的高山女王故事一般地全心
投入。他们在那儿休息着，打着盹，聊着天，时不时驱赶

克 林 索 尔 的
最 后 夏 天

蚂蚁，有时像听到了蛇的响动。多刺的栗子壳挂到了女人的头发上，他们想到了此时缺席的朋友们，虽然没有很多。但他们仍然希望残酷的路易也在这里，那个克林索尔亲爱的朋友，喜欢画游乐园和马戏团的那个画家。他滑稽有趣的灵魂在此刻一定正在他们一行人间徘徊，一直在旁做伴。

一个下午的光景好像在天堂里度过了一年，大家欢笑连连，与女王告别，克林索尔将一切记在心间：红衣女王，小树林，华美的宫殿，画着海豚的大厅，那两只狗和那只鹦鹉。

和朋友们结伴下山的时候，他的心情越发开朗快活，他很少在自愿丢下工作的时候拥有这种心情。与厄尔丝利亚、赫尔曼还有玛莎挽着手，他不禁在洒满阳光的小路上起舞、歌唱，像孩童般说着有趣的笑话，玩着文字游戏，纵情欢笑。他还跑到前面，躲在草丛中吓唬朋友们。

大家走得很快，然而太阳降落得更快些。等到他们走到帕拉踩采托，太阳已经落到山后了。走到山下的村庄时，已是夜晚时分。他们迷了路，不该走到这么低的山脚下，大家此时又累又饿，不得不放弃了原本夜晚的计划：穿过

克林索尔的
最后夏天

田间散步去巴伦哥，再在湖边村庄的餐厅吃鱼。

"我亲爱的朋友们，"克林索尔坐在路旁的一堵墙上说道，"我们的计划非常完美，我也会十分感激能在多洛山的渔夫之间享用晚餐。但是我们走不了那么远了，至少我是不行了。我现在又累又饿，我最多只能走到最近的小酒馆了，应该不会太远。我们到了那里可以吃点面包，喝点葡萄酒。我觉得就足够了。谁跟我一起？"

大家都跟着去了。他们找到了小酒馆，在山丘上的小树林里，一条狭窄的梯田上，昏暗的树影下有些石板凳和桌子。店主从岩石地窖里拿来了清凉的葡萄酒。桌上放着面包。此时的他们都沉默地坐着吃饭，为至少可以坐下休息而开心。高高的树丛之上，白昼已经快要燃尽，蓝色的山脉褪成黑色，炙红的小路褪成白色。他们听见山下夜晚的公路上有汽车和狗吠的声音。天空中星光逐渐明亮，平原上灯光也微微闪烁，恍惚间两者融为一体，难分你我。

克林索尔幸福地坐着休息，望着远方的夜，慢慢地吃着黑面包，默默地饮着蓝色酒杯中的酒。酒足饭饱，他便

克 林 索 尔 的
最 后 夏 天

又开始谈天，开始唱歌，他跟随着节拍摇晃着身体，和女伴们嬉闹，嗅着她们秀发中的芬芳，酒意刚刚好。这个老练的游说者，他轻易就说服大家放弃继续赶路的计划。他饮酒又斟酒，请店主又拿来更多的酒。渐渐地，蓝色的陶制酒杯之中，升起万事易逝的符咒，梦幻魔力浮游在世间，给星光与灯光都缀上更多的色彩。

他们坐在悬于世界的深渊与黑暗之上的一个秋千上，像黄金鸟笼中的鸟儿们，无家可归，无足轻重，面对着满天繁星。他们歌唱着，像一群鸟儿一样地唱着异国的歌谣，欣喜若狂地把心中所有的美梦与幻想献给深夜，献给天空，献给树林，献给整个令人着魔的宇宙。星空与月亮会给他们回答，山川树木也会回应。歌德此时与他们同在，哈菲斯也在，热情的埃及和严肃的希腊也浮现在眼前，莫扎特微微一笑，胡戈·沃尔夫在狂乱的夜里奏响钢琴。

突然传来一阵噪声，刺眼的光亮，在他们的脚下，一列火车，镶着上百个耀眼灯光的窗户，正呼啸着穿过地球的心脏，驶进黑夜中的山。他们头顶的天空响起一阵神秘教堂的钟声。半个月亮偷偷摸摸地升在桌子上方，看着深红的酒中自己的月影，在黑暗中点亮一个女人的嘴和眼睛。月亮越爬越高，向着群星歌唱。残酷的路易的灵魂此时就在他们旁边弓着背坐着，伏在长凳上写着孤独的信。

克林索尔是黑夜之王，王冠戴在头上，他向后靠在石板做的王位上，指挥着世界为他而舞，规定节拍，召唤着明月，命令火车消失于黑夜之中。火车消失了，像天边坠落的一颗繁星。高山女王在哪儿呢？树林里是有钢琴的声音吗？远处是否有一只警惕的小狮子在吼叫？她刚刚不是还系着一条蓝色的方巾吗？你好啊，旧世界，我担忧着你，不要崩塌！森林啊，来这里吧！黑色山峰啊，请到那儿去！保持节奏！群星啊，你闪着既蓝又红的星光，就像乡间歌谣里唱的那样："你红色的双眼和你蓝色的嘴唇啊！"

绘画是件美妙的事，绘画是乖孩子们喜欢玩的可爱的游戏。但绘画也有别的意味，更伟大重要的意义就是用来指挥繁星的舞动，借用它们的舞姿表达融于你血液中的节拍，来展现你视网膜中的色彩，让灵魂与世界跟随晚风共

克 林 索 尔 的
最 后 夏 天

振。去吧，黑色的山峰！变成一朵云，飞去波斯吧！变成乌干达的一场雨吧！莎士比亚的灵魂啊，请来为我们献上一首你醉后的歌谣，为了每天落下的雨水吟咏一曲吧！

克林索尔亲吻了一个女人纤小的手，靠在另一个女人幸福起伏的胸口。谁的脚在桌下与他调情，他不晓得是谁的手也不知道是谁的脚，他只感受得到包围在他身旁的温柔，感激旧时的魔力再次恢复。他还很年轻，离生命的终点还有很久的路，此时的他仍能够释放魅力。她们还是会爱他的，这些美好羞怯的纤小的女人仍然依赖着他。

他更加兴奋了。他开始娓娓道来，讲述一个故事，一个惊人的史诗般的爱情故事，其实更应该说是去南海的那次旅行，他与高更和鲁滨孙结伴，发现了鹦鹉岛，还在那里建立了幸福自由的国度。上千只的鹦鹉在薄暮中闪耀，它们蓝色的尾巴熠熠生辉，在绿色的海湾中映出美丽的倒影。它们的啼叫与上百只猿猴尖厉的喊叫震耳欲聋地向他问好——他，克林索尔，就在这里宣告成立属于他的自由国度。他召唤来白色的凤头鹦鹉建一个橱柜，和威严的犀牛鸟一起用沉甸甸的椰壳杯啜饮棕榈酒。啊，往日的月啊，照亮那些幸福夜晚的月啊，悬挂在芦苇丛中小小茅屋上方的月啊！害羞的棕肤公主名叫库勒卡鲁，她身材苗条高挑，大步地穿越在芭蕉树丛中，肌肤在多汁的巨大叶子下闪着蜂蜜似的甜蜜光泽，她有小鹿般的双眸，猫一般矫健灵活的脚步，健康有力的双腿。库勒卡鲁啊，这神圣的东南亚少女身上有着原始的香气和孩童般的纯真，上千个夜晚她都躺在克林索尔的心间，每个夜晚都是崭新的惦念，每个夜晚又都愈加地甜蜜温柔。啊，土地神明的节日，鹦鹉岛上所有的少女在神明前翩翩起舞！

在所有往事的诉说和倾听的尽头，在鲁滨孙和克林索尔的头顶上空，零零星光的夜色笼罩着小岛的天际。黑色的夜渐渐泛白，群山在森林和房屋还有人们的脚边隆着仿佛轻柔呼吸的胸腹，迅速升起的月在无尽的苍穹上欢快地舞着，野外的群星追逐着，献上沉默无声的伴舞。星星连在一起，变成了通往天堂的一条闪烁璀璨的轨道。原始森林的黑充满母性，原始的泥土散发着腐败和新生的气味，巨蛇和鳄鱼肆意爬行，无边无际的生命流动，铸成千万形态。

"我还是要继续画画，"克林索尔说道，"明天我就重新开始。但是我不会再画那些房屋、人类还有树木了。我要画鳄鱼和海星，神龙和紫色的蛇，所有那些在变化的生物，那些长久地渴望变成人类，渴望变成繁星的一切，我要画所有的新生和所有的衰亡，我要画神明与死亡。"

在克林索尔轻轻的低语之间，在这迷醉微醺的时刻，厄尔丝利亚轻柔地唱起歌来。她轻轻唱起《美丽的花束》。她的歌声似能安神，克林索尔聆听着，觉得这歌声像是跨越了时空与孤独，从世界尽头漂洋过海而来。他把空酒杯倒扣在桌上，没有继续斟酒。他就如此聆听着，这一首孩童般纯真的歌，这一首母亲般柔和的歌。他是谁呢——在世界的泥沼中迷失自我偏离正路的无赖，放荡挥霍的流氓，还是他只是个幼稚傻气的小孩子呢？

"厄尔丝利亚，"他充满尊敬地唤道，"你真是我们的福星。"

他们起身穿过黑暗陡峭的树林，抓扶着树枝和树根，他们寻觅着回家的路，走到了树林的边缘，竟然踏上一片田

克林索尔的
最后夏天

地，仿佛突然登上了一艘海盗船。玉米地里狭窄的小路透着夜的气息和家的方向，月光照在玉米的叶子上闪闪发光，一排接着一排的葡萄藤向旁处歪斜着。这时克林索尔也唱起歌来，他轻轻地唱着，用他那略带嘶哑的声音唱了许多歌。有德语歌和马来西亚歌，有时记得住歌词，有时只是哼唱。他轻轻地唱着，尽情倾倒心中积存的一切，仿佛一道深褐色的土墙，在夜晚时分，散射出所有储存进身体的温暖日光。

走到这里，其中一位朋友要离开了，另一位也消失在葡萄架影子下的小路上。每一位告别的朋友都孤单起程，走向回家的路，只有天空映衬着他们孤单的身影。其中一个女人与克林索尔吻别，炙热的唇贴在克林索尔的唇上。他们走了，消散在夜中，所有的人。当克林索尔独自走上回公寓的楼梯时，他还在唱歌。他唱着赞誉神明和他自己的歌，他赞美李白，赞美潘潘比渥的美酒。他仿佛是在歌颂云端上的一尊神。

"在我的内心"，他唱道，"我好似一个金球，好似教堂的圆屋顶，人们跪拜其中，人们祈祷，墙壁闪着金色的

光，救世主在陈旧的壁画中流淌着鲜血，圣母马利亚的心
在流血。我们也在流血，其他的人，这些迷失正途的灵魂，
这些星星和彗星，七把利剑、十四把利剑刺穿我们的胸口。
我爱你，金发与黑发的女郎，我爱众人，甚至庸人，你们
都如我一样，是可悲的灵魂，所有悲惨的孩童和私生的
半神都如酒醉的克林索尔一样。美好的生命啊，我向你致
敬！我也向你致敬——美好的终亡！"

克林索尔致爱迪斯

夏空中亲爱的星：

　　你给我写的信那么美好又那么真挚，而你的爱又是如
此痛苦地呼唤着我，像一首永恒的歌谣，又像永恒的责备。
你向我坦白自己是好的，如同你向自己坦白，吐出心中每
一点心声。但是请不要觉得任何一种感受是不值得的，不

克 林 索 尔 的
最 后 夏 天

要认为任何感受是不该拥有的。每一种感受都是好的，是极好的，甚至包括仇恨，包括羡慕嫉妒，也包括残忍残酷。我们活在这世界上就是依赖着这些可怜又美好的情感，每一种被鄙夷被丢弃的感受就仿佛被熄灭的一颗星星。

我不知道我是否爱着吉娜。我对此表示非常怀疑。我应该不会为了她而做出任何的牺牲。我甚至不知道我是否有真正爱的能力。我可以去爱慕。去从别人的身上寻找真正的自我——我可以聆听回响，找寻一面镜子。我可以寻欢作乐。所有的这一切都可以看上去像爱的模样。

我们两个人，你和我，都在同样的迷宫里迷失了，在这样的迷宫里，在这个可悲的世界里，我们的情感慢慢地退去，于是我们想要报复这个邪恶的世界，报复得各有各的风格。但是请让我们的梦永存，因为我们都知道幻梦之中的红葡萄酒尝起来有多么甜美。

对自己的感受和自己所有行为的"重要性"以及后果有清楚的认识和了解，是那些正直自信的人才做得到的。他们往往对生命怀有信念，绝不会做明日或是余生会后悔

克 林 索 尔 的
最 后 夏 天

莫及的事情。很可惜我不是这样的人，我的所作所为和所想都属于不相信明天，把每一天当作最后一天的另一种人。

亲爱的纤细精灵啊，很不幸我实在无法完全准确地表达出自己的想法。能够被表达出来的想法都如死水一潭。所以就让我的那些想法好好地活着吧！我深深地感激你能够理解我的内心，感激你内心的很多想法与我同频。不知道我们对彼此的情感在人生之书里，该如何分门别类。它到底是爱，是性，还是感激，抑或是同情共情，这种情感是充满母性还是稚气，有时候我像个放荡狡猾的老狐狸似的对待女人，有时又像一个稚嫩的男孩。有的时候纯洁朴素的女人会最吸引我，而其他时候又是妩媚的女人。我可以去爱的一切都是美好的、神圣的、无限完美的。但是为什么去爱，爱多久，爱到何种程度——我无法定夺。

我不只是爱着你，你应该也知道，我也不只是爱着吉娜。明天以及无数个明天我可能还会爱其他的女人，创作其他的画作。但是我不会悔恨曾经的爱意，也不会后悔为了这些爱意而做出的任何明智或是愚蠢的事。或许我爱你，是因为你同我很相似。而我爱其他的人，是因为她们与我很不同。

夜已经深了，月亮已经悬在萨鲁特山上。生命如此微笑着，正如死亡如此微笑着。

把这封傻气的信丢进火堆里去吧，也把你的克林索尔一同丢进火里去吧。

你的克林索尔

衰亡之歌

七月的最后一天到来了，七月是克林索尔最喜欢的一个月。李白的欢宴已经过去，永远不会重来。花园里的向日葵金灿灿地仰望着蔚蓝的天空。克林索尔与忠诚的同伴杜甫一同去他最爱的一个地方漫游。在一个小镇干燥炎热的郊区，高耸的树下是灰尘飞扬的马路，面向沙滩坐落着

克 林 索 尔 的
最 后 夏 天

红色和橘红色的小房子，卡车和码头，长长的紫罗兰色墙壁，穿得色彩斑斓的贫民。到了傍晚他坐在小镇边界的灰尘中，画着杂色的帐篷和巡回马戏团的货车，他蹲在街道边光秃秃的晒焦了的草皮上，对色彩强烈的帐篷着了迷。他紧盯着一条帐篷边褪了色的淡紫色流苏，笨拙的大篷车生机勃勃的绿色和红色，还有刷成蓝白色的支架棍。他猛地在镉颜料里翻找，又疯狂地在冷淡又甜美的钴颜料里翻找，在黄绿相间的天空之中画上了一道融化开的深红色。再过一个小时，不对，不到一个小时，他就得走了，夜晚就会来临，而明天，八月就将拉开帷幕。八月是个热烈燃烧的月份，它激情的杯中混合了无尽的对于死亡的恐惧和胆怯。死神的镰刀磨得锋利，白昼缩减，死亡藏匿在晒焦的树叶丛中狞笑。

镉，吹起你高亮的号角吧！还有浓重的深红，张扬地绽放吧！柠檬黄，笑得更夺目些吧！远处深蓝色的群山啊，请来到这里！暗淡蒙尘的绿树啊，请住到我的心间！你们顺从地低下了虔诚的枝叶，一定十分疲惫了吧。我敬你一

克 林 索 尔 的
最 后 夏 天

杯，这世上所有的可爱美好！让我献予你持久永恒的模样，让我——最短暂的瞬息存在，最没有信仰最悲哀的存在，对于死亡的恐惧比任何人都要深刻。让我献予你持久永恒的幻象，尽管我是转瞬即逝的存在，怀揣着最痛心的信仰，比世上任何人都要惧怕着死亡。七月已经燃尽，很快八月也会燃尽，忽然间死亡的幽灵就这样从一个充斥露水的清晨中、发黄的枯叶中，给了我们所有人一个寒战。忽然间，十一月横扫森林，死亡幽灵开始放声大笑，忽然间那股寒意就留在了我们的心上，忽然间我们骨骼上粉嫩的肉体就将衰落，豺狼在沙漠中哭嚎，秃鹰嘶鸣着被诅咒的命运。某一个城市里该死的报社将刊登我的照片，下面还写着"杰出画家，表现主义艺术家，杰出的五彩画家，在本月十六日去世"。

他充满憎恨地在一辆绿色吉普大篷车下甩上一道巴黎蓝，又充满怨恨地在路边石上画上铬黄，怀着深深的绝望，他猛地在留白的位置填上朱红，鲜血的颜色，是他在为一切的延续而奋战。他用明亮的绿色嘶喊，用那不勒斯黄对抗上帝。他呻吟着在灰绿色中甩进更多的蓝，激起晚空中深沉的光浪。小小的调色盘中装满了还未混合的颜料，强烈明丽的色彩是他的安慰剂，他的守护塔，他的军火库，他的祈祷书，他的炮筒。如此他便可以向邪恶的死亡开火。紫色是对死亡的抗议，朱砂红是对衰败的嘲讽。他的军火库很不错，他勇敢的士兵们光荣地列队，于是他的炮筒连续发射，但一切都是徒劳，所有的开火都是徒劳，但是开火的感觉很好，令他幸福，令他欣慰，开火意味着还活着，热烈地活着。

杜甫之前离开去拜访一位友人，这人住在那边工厂与码头之间神秘的城堡里。现在他回来了，还带回了他的这位朋友，他是个亚美尼亚的占星师。

克林索尔完成了画作，释然地深吸了口气，转身看到身旁出现的这两张面庞，杜甫有一头漂亮的金发，占星师朋友留着黑色的胡须，笑起来露出一排洁白的牙齿。跟随着他们的还有他们的影子，拖长的黑色影子，还有深邃不见底的陷进眼窝的双眸。也欢迎你，影子！美妙的影子！

克林索尔的
最后夏天

"你知道今天是什么日子吗？"克林索尔问他的朋友。

"七月的最后一天，我知道。""我今天用占星术占卜了，"亚美尼亚人说道，"我预见到今晚将带给我些什么。土星的位置很奇怪，火星刚刚好，木星在主位。李白，您不是狮子座吗？"

"我是七月二日出生的。"

"我想的也是，您的星象位置很乱，我的朋友，只有您自己可以解释您的星盘。您的周围满是丰饶等待爆发，您的星象位置却很奇怪，克林索尔，我想您一定也能感觉得到。"

克林索尔起身收拾他的画具。他所描画的世界已经消散不见，黄绿相间的天空已经暗沉，明亮的蓝色旗帜已经倒下，可爱的亮黄色消失殆尽。他又饿又渴，他的喉咙干得像吃了一嘴的尘土。

"朋友们，"他诚恳地说道，"我们一起度过今夜吧。但是今夜过后，我们三个就不要再相聚了，我不是从所谓的星星上读到的这一点，而是来自内心的感受。我七月的月

克林索尔的
最后夏天

亮已经离去，她最后的几个小时光芒微弱暗淡，大地母亲深深地呼唤着她。这世界从未如此美丽过，我也从未画出过如此美丽的图画。炙热与明亮转瞬即逝，终亡的乐曲已经奏响。让我们与之一起歌唱，这甜蜜又禁忌的乐曲。让我们聚在一起，共饮美酒，共享面包。"

游乐园的旁边，帐篷已经收起来，为了夜晚做准备（白天它起到防晒的作用），几张桌子散在树下。一个瘸腿的女招待来回地走动，阴影处有一家小酒馆。他们在一张空白的桌子边坐下，面包端上来了，红酒斟满陶制容器。灯光亮起，不远处游乐园的风琴响起，刺耳的声响粗糙地充斥了寂静的夜晚。

"今晚我要饮尽三百杯酒！"李白喊道，接着敬了影子一杯，"向你致敬，影子，坚定的锡士兵！向你们致敬，我的朋友们！向你们致敬，电灯、弧光灯、旋转木马上闪闪发光的小金属片！啊，要是路易在就好了，这只来去无常的鸟儿！兴许他会先我们一步飞到天堂去呢。也兴许他明天就会飞回来，这个老豺狼，他回来也找不到我们了，他会大笑，再把弧光灯和旗杆插在我们的坟墓上。"

占星师默默地起身去拿了些新鲜的葡萄酒回来，他开心地笑了笑，粉红的嘴里又露出那排洁白的牙齿。

"忧郁，"他说着看了克林索尔一眼，"这不是我们应该随身背负的事。很简单，也许需要一个小时的时间，简单又集中的一个小时，只要咬紧牙关，人就可以和忧郁一刀两断了。"

克林索尔近距离地盯着他的嘴看，这整齐的牙齿曾在何时，在某个努力的一小时里，咬碎并咬死了忧郁。他也可以像占星师一样做得到吗？啊，短暂甜蜜地扫了眼远处的花园，没有恐惧的生机，没有忧郁的生命！但是他知道花园能做到的他却无法做到。他知道他的命运注定不同，土星在他的星盘上与众不同，上帝想要他弹奏不同的乐章。

"每个人都有自己的星象吧，"克林索尔缓缓地说道，"每个人都有自己的信仰。我只相信一件事：终亡。我们都不过是在悬崖边上的一辆马车里，马儿们都已经止步不前。我们最后都要浸入死亡，我们所有的人。我们必须要死，但我们也必须要重生。伟大的转折点已经为我们而来。这世界哪里都是一样，战争、艺术变革、西方各国政府的衰败。在古老的欧洲，我们原本拥有的一切属于我们的美好都已经消失殆尽。我们羽翼丰满的思想变成了癫狂偏执，我们的货币变成无用的纸张，我们的机械只会射击和爆炸，我们的艺术成了自杀。我们正在衰亡，朋友们，这就是我们的命运，清徵调已经奏响。"

亚美尼亚人又倒了些葡萄酒。

"随你怎么说，"他说道，"你可以说是或非，这不过是孩子的游戏罢了。终亡是不存在的一件事。不管是死亡还是重生，若要存在，就一定要有盛与衰。但是盛与衰也不存在，它只存在于人类的脑中，而人类的脑子是错觉的摇篮。一切的对立关系都是错觉：白与黑是错觉，死与生是错觉，善与恶也是错觉。这些都是一个小时，短短的一个小时咬紧牙关就可以战胜的错觉。"

克林索尔倾听着他和善的声音。

"我是在说我们，"他回应道，"我在谈论的是欧洲，我

克 林 索 尔 的
最 后 夏 天

们的老欧洲两千年来一直认为自己是这个世界的大脑。它正在衰亡,你认为,术士,我不了解你吗?你是来自东方的信使,也是来给我传信的信使,也许是个间谍,也许还是个乔装打扮的军阀。你来到这里是因为末日将至,你已经嗅到了终亡的气息。但是我们很愿意就此衰亡,你知道的,我们会很情愿地死去,我们不会对此反抗。"

"你也许还要说:'我们很情愿诞生。'"亚洲人说着笑了起来,"对于你来说也许是衰亡,但对我来说也许就意味着诞生。两者都是错觉罢了。相信大地是天堂下固定不动的圆盘的人也会相信日出和日落,相信诞生和终亡——而且几乎所有的人都相信这个固定的圆盘的存在!星星本身却并不晓得升起与沉沦这回事。"

"难道星星不会坠落吗?星星不会有终亡吗?"杜甫喊道,"对我们来说会有,对我们的双眼来说。"术士又斟满酒杯。一直都是他在给大家斟酒,聚精会神而又周到地微笑着。他拿着空罐子又去取更多的酒来。游乐园的音乐响亮刺耳。

克林索尔的
最后夏天

"我们走到那边去看看吧，很美啊！"杜甫请求道，于是他们走到游乐园，站在有涂鸦的栅栏旁，看着旋转木马令人眼花缭乱地旋转着闪着光的金属片和镜子。他们看到上百个孩子的双眼渴求地盯着这一片华丽的光晕。有一瞬间克林索尔微笑着想到，这台旋转的机械是如此地原始，这机械的音乐声，过分鲜艳的涂鸦和色彩还有装饰过头的柱子。所有的一切都像是古老的医师和巫师的风格，有古老的魔法和诱鼠术的特征，那些疯狂杂乱的光亮就像一把白铁皮匙上的光泽，梭子鱼会以为是一条小鱼而上钩。

每个孩子都一定要坐上这个旋转木马。杜甫把钱都分给了这些孩子，影子唤着所有的孩子走过来，他们成群地围绕着他们的施主，缠在他身边，乞求着，感谢着。有一个十二岁的金发漂亮女孩反复地央求着，旋转木马转的每一圈她都坐在上面。在光线的闪耀下她的短裙在她纤细的腿上飘荡。一个孩子哭了起来，几个男孩子打了起来。镲片撞在一起，给原本的节拍增添了不少激情，仿佛酒精里混入了鸦片。他们在一片混乱中站了很久。

克 林 索 尔 的
最 后 夏 天

接着他们回到了树下那张安静的桌子旁。亚美尼亚人斟满酒杯，再一次搅起终亡的讨论，明媚地笑着。

"我们今天要饮尽三百杯酒！"克林索尔吟道。他的头发被太阳晒得金黄，他的笑声爽朗响亮。忧郁这个巨人，此时跪倒在他悸动的心上。他举起酒杯敬大家，他赞颂着终亡，赞颂着死亡的心愿，和清徵调。游乐场的音浪此起彼伏。但是在他的心中，恐惧仍旧蠢蠢欲动。他的心不情愿死去，他的心痛恨着死亡。

突然更多更嘈杂的音乐划破夜空，尖厉而又放纵的声音是从小酒馆传出来的。在烟囱旁边的角落，架子上整齐地摆放着葡萄酒的瓶子，一架机械钢琴猛烈地奏着，像是机关枪，狂野又咄咄逼人。不和谐的琴弦悲伤地哭嚎着，蒸汽压路机似的古板韵律不协调地呻吟着。那里还有一群人，在灯光和嘈杂之中，年轻的小伙子和姑娘们在跳舞，瘸腿的女招待也在跳舞，杜甫也开始跳舞。他与刚刚那个金发的小姑娘一起跳舞。克林索尔在旁看着，小女孩轻盈的裙摆飘转在她纤细漂亮的小腿上。杜甫和蔼地笑着，充

克 林 索 尔 的
最 后 夏 天

满慈爱。其他人坐在烟囱那边，他们从花园那边过来，离音乐的源头很近，处于正中央的位置。克林索尔仿佛能看到音符，能听见色彩。占星师又从架子上拿了一瓶酒，打开直接开始畅饮。他棕色睿智的脸上，笑意从未退去过。低矮的大厅里音乐声震耳欲聋，十分可怕，亚美尼亚人缓缓地从摆放着一排陈酒的布幔上打开个缺口，像个寺庙强盗一样，一个接一个地拿走祭坛上珍贵的器皿。

"你是个伟大的艺术家，"占星师边倒酒边对克林索尔耳语道，"你是这个时代最伟大的艺术家之一，你有资格自称李太白。但是李白，你啊，是一个贫穷的，受尽苦痛折磨的焦虑不堪的男人。你启奏了衰亡之歌，在自己纵火的烈焰里歌唱，唱得却并不愉快。李白啊，即使你每天都在月下饮尽三百杯酒，你还是不会愉快，你会感到愧疚和抱歉。衰亡之歌的主唱者啊，为什么不停下呢？难道你不想活下去吗？难道你不想继续现在的一切吗？"

克林索尔也喝着酒用略带嘶哑的声音低语回应："人们可以改变命运吗？这有选择的自由吗？你，作为一个占星师，你能引导我的星象吗？"

"我不能引导它们，只能解释它们。只有你自己可以引导它们，并且是你自由的意志决定的。这就是术士的智慧。"

"我为什么要训练自己得到术士的智慧？同样的时间我明明可以训练自己的艺术，艺术难道不是同样的美好吗？"

"所有的事情都是好的，所有的事情也都是不好的。术士的智慧本身就摒弃了错觉的存在。它摒弃了错觉中最糟糕的一项：时间。"

"艺术不是也可以做到这点吗？""艺术只是企图这样做，在你画夹中放着的那幅画好的《七月》对你来说就足够了吗？你摒弃时间了吗？你对秋天的到来已经无所畏惧了吗？对冬天呢？"

克林索尔叹了口气，陷入沉默。他默默地喝着杯中的酒。占星师又默默地给他斟满酒杯。繁忙的钢琴轰鸣着无所束缚的机械乐声。杜甫天使般祥和的面庞隐现在人群当中。七月就此结束。

克林索尔把玩着桌上喝空的酒瓶，把它们摆放成一圈。

"这是我们的大炮,"他解释道,"有了这大炮我们就可以把时间击碎,把死亡击碎,把苦痛全部击碎。我还可以用绘画向死亡开火,用热烈的绿和狂野的朱砂红,还有甜美的猩红湖。我时常会射中死亡的头颅,用白色和蓝色射中他的眼睛。我经常打得他四处逃窜,但我将再次和他交锋,我会战胜他,以智取胜。你看那个亚美尼亚人,他正在打开一瓶陈酒,囚禁其中,逝去的夏日阳光就此注射进我们的血液当中。亚美尼亚人也在帮我们向死亡开火,亚美尼亚人也懂得没有别的任何武器可以用来对抗死亡。"

占星师掰开面包吃了起来。

"我不需要对抗死亡的武器,因为根本就没有死亡这回事。只有一件事是真实存在的:对死亡的恐惧。但也是可以治愈的,对付它倒是有一种武器,就是那关键的一个小时。但是李白并不想听。因为他其实热爱着死亡,他热爱着自己对死亡的那份恐惧,他热爱着他的忧愁和痛苦。只有他的恐惧教会了他现在能做的一切,也是我们爱他的一切。"

克林索尔的
最后夏天

　　术士嘲弄地举起酒杯致敬克林索尔，他的一口白牙闪耀着，他的神情越发愉悦。痛苦对他来说仿佛毫不存在。没人回应他。克林索尔还在用酒精向死亡开炮。死神阴森森地徘徊在小酒馆敞开着的门之间，徘徊在拥挤的人群、美酒和舞曲之间。死神徘徊在大门之间，在黑夜的花园中伺机而动，震得黑色槐树轻轻摇晃。外面的一切都充满死亡，被死亡填满，只有在这里，人头攒动的拥挤的大厅，对抗还在继续。人们光荣地、勇敢地，与伏在窗边窃窃低语的黑暗围攻者战斗着。

　　嘲弄般地，术士抬头环视了桌子一圈；嘲弄般地，他再一次斟满了酒杯。克林索尔已经打碎了许多个酒杯，术士又递给他许多新的酒杯。这个亚美尼亚人也同样喝了很多的酒，但是仍然和克林索尔一样端正笔直地坐着。

　　"干杯吧，李，"他低语的声音略带嘲弄的语气，"你热爱着死亡，你想要迎接终亡，你情愿死亡。你不是这样说的吗？是我在自欺欺人，还是你其实蒙骗了自己也蒙骗了我？让我们干杯吧，李，让我们全都毁灭！"

克 林 索 尔 的
最 后 夏 天

一团怒火在克林索尔心中沸腾。他站起身，站得笔直高耸，这只老雀鹰有着张棱角分明的脸庞，他向酒里啐了一口，猛地将手中满酒的杯子摔到了地上。红色的酒溅开在整个大厅，朋友们脸色煞白，陌生人们大笑起来。

但是术士只是微笑着又拿来一只新的酒杯，微笑着又一次斟满，又微笑着递给李白。于是李白也笑了，他跟着一起微笑了起来。一抹微笑似月光，淌过他扭曲的面庞。

"我的朋友们啊，"他大声喊道，"让这个外国人说下去！这个老狐狸懂得可太多了，他来自隐蔽的深穴。他懂得很多，却不懂我们。他也不懂孩童们，他太老了。他也不懂愚者，他太睿智。我们这些终会死去的人比他更懂得死亡这回事。我们是凡人，不是繁星。看看我的手，它正拿着这小小的蓝色酒杯！这只手啊，这只棕色皮肤的手，它能做太多的事情。它可以用画刷涂画，可以从这世界的黑暗之中夺来崭新的部分，再把它们呈现在人类的眼前。这只棕色皮肤的手爱抚过许多女人的脸庞，也诱惑过许多少女。很多人都亲吻过这只手，泪水也曾滴落在这只手上，杜甫还曾为它写过诗。就是这只亲爱的手，我的朋友们，也会很快覆满尘土和蛆虫，到时没有任何人会愿意碰它了。那也很好，这正是我爱它的原因。我爱我的手，我爱我的眼睛，我爱我白皙柔软的肚子，我心怀惋惜和轻蔑，温柔地爱着它们，因为它们终将迎来衰弱腐败的结局。影子啊，我的黑影朋友，安徒生坟墓上的老锡兵，你也要面对同样的命运。和我一起干杯吧：敬我们的四肢和脏腑！愿他们永在！"

八月的傍晚

克林索尔在马努作和维格利亚度过了一整个下午，在阳光和微风中画画。黄昏正浓时，他疲惫不堪地穿过维格利亚，来到一个寂静的小村落。他成功地唤出头发灰白的老板娘，为他取来了酒。他坐在门外胡桃树的树桩上，打

克 林 索 尔 的
最 后 夏 天

开自己的背包，翻出剩下的一块奶酪和一些李子，开始享用晚餐。老妇人坐在旁边，驼着背，牙齿全都脱落了。她的脖颈布满皱纹，年老的双眼里一片沉寂。老人讲述起她的村庄和她的家庭，讲起战争和上升的物价，讲起庄稼的情况，酒和牛奶还有他们的花销，讲到死去的祖孙和移居异乡的孩子们。农妇一生的四季与变迁都清清楚楚地展露在克林索尔的眼前，有种粗糙却纯朴的美丽，充满欢乐与忧虑，充满渴望与生命力。克林索尔吃着东西，喝着酒，边休息边认真聆听，询问着老人关于子孙和家畜，关于牧师和主教的事，和善地夸赞着手中廉价的酒。他把最后一个李子送给她，与她握手告别，祝愿她有一个愉快的夜晚，接着起身拄着他的拐杖，背上背包，缓慢地穿过稀疏的树林继续上山，向着今晚的住所继续前行。

此时正是一天光辉最美的时刻，日光仍笼罩一切，但月光也已经开始闪烁微弱的光，最早出来的蝙蝠已经潜入绿野和微微发亮的空气当中。一片小树林的边缘在最后的

克林索尔的
最后夏天

光晕里矗立，明媚的栗子树干映衬着黑色的林荫。一座黄色的小农舍反射出汲取的日光，仿佛一块黄玉，散射出温柔的光芒。粉色和紫色的小路穿过草地，穿过葡萄园，穿过一片片树林。泛黄的槐树枝已经随处可见。西边紫蓝色的群山之上，天空金灿灿又泛着绿意。

啊，现在还能够作画真好啊，在这永不复返的、迷人夏末的最后时分。一切都是难以言喻的美丽动人，一切都如此详静，如此美好，同上帝一般慷慨。

克林索尔坐到清凉的草地上，熟练地拿出铅笔，然后微笑着垂下手来。他疲惫不堪，手指捻玩着干枯的草尖，又摩挲着疏松的土地。不知道还能有多久，这场美妙的游戏就要结束了。还能有多久，他的手和嘴唇还有双眼就将覆满泥土。几天前杜甫赠予他一首诗。他此时忽然想起，轻轻地吟咏起来：

我生命之树，

落叶飘零，

克 林 索 尔 的
最 后 夏 天

世间的壮丽

你包裹着我，

你包容一切，满足一切，陶醉一切。

今日烈焰之中的一切，

都将化为腐朽。

终有一日，

清风将拂过我的墓碑。

母亲俯身贴近孩童的脸庞，

让我再看一看她的双眼，

让我再看一看她眼中住着的，

我的那颗璀璨的明星。

其余的一切都无须挽留，

其余的一切死得其所。

只有永恒的母亲永存在我们诞生的那一日，

她的指尖在空中轻舞，

写下我们的名字。

克 林 索 尔 的
最 后 夏 天

好吧，这样也好。克林索尔的十条性命还剩下几条了呢？三条？两条？不管怎么说一定是比一条要多，一定是比这一条令人尊敬而又普通的每日都在重复的平凡生命要多。他看过许多世界，画满许多纸张和画布，爱过也恨过，在艺术和他的一生中，他斟满过无数杯令人忧愁的新鲜美酒。他爱过许多女人，打破过许多传统和陈规，勇敢地创新。他饮尽无数酒杯，呼吸在无数清晨和满天星斗的黑夜，沐浴在无数明媚的阳光下，畅游过无数海洋。此时他坐在这里，坐在意大利，或者印度或者中国，夏日微风随性地穿梭在栗子树的树冠之间。这世界是好的，是完美的。他再画一百张图画也罢，再画十张也罢，再活二十个夏天也罢，都无所谓了。他很疲惫，非常疲惫。一切情愿死去的终将死去。亲爱的好朋友啊，杜甫！

是时候回家了。他将跟跄着走进房间，阳台吹进的风将迎面欢迎他。然后他会打开灯，收拾背包。树林中心用那抹铬黄和中国蓝也许是不错的选择，兴许能成就一幅新

克 林 索 尔 的
最 后 夏 天

的画作。那么开始吧，现在就开始。

然而他没有动身，他待在原地，微风拂过他的发梢，拂过他飘动的沾着颜料的亚麻夹克，暮光映照着的内心也拂过一丝微笑与惋惜。轻柔缓和的微风吹拂着，沉静地吹拂着，远方蝙蝠又潜进黑色的天空。一切情愿死去的终将死去。只有母亲永存。他可以在这里睡一会儿，至少要睡一个小时。这里至少还算暖和。他用背包当作枕头，仰望着无尽的天空。这世界多么美丽啊，它包容着一切。

山上传来脚步声，木鞋有力而又松散的声音。一个人影从蕨丛和金雀花间出现，一个女人。天很黑，他看不太清她裙子的颜色。她走得更近了些，步伐均匀。克林索尔跳起来问候晚安，她微微愣住了一会儿，他端详着她的脸，感觉曾经遇见过她但又想不起哪里见过。她有着漂亮的黝黑肌肤，一口健康洁白的牙齿。

"晚上好呀！"他喊着向她伸出手，他感觉到自己与这个女人有着某种联系，似乎存在什么回忆，"我们是不是认识？"

克 林 索 尔 的
最 后 夏 天

"我的天哪！不会吧，您是卡斯塔格奈塔的那个画家呀！您还记得我吗？"

是的，他现在想起来了。她是塔维纳山谷的一个农妇。曾几何时，盛夏记忆影影绰绰，他曾在她的房子旁边画了几个小时，饮过她井中的水，在那棵无花果树的阴凉下小憩过一个小时，最后分别时还接受了她的一杯美酒和一个吻。

"你再也没回来过了，"女人抱怨道，"你当时承诺你会回来的。"她低沉的语气半笑半怒，克林索尔此时已经完全清醒。

"你现在来到我这儿不是更好了嘛。我真是幸运啊，就在刚才我还感觉孤单又悲伤。"

"悲伤？不要骗我了先生，您爱说笑，一个女人可不会这么轻易相信您的。我要继续走了。"

"哦，那我陪你走。""这不是您要去的方向，没有必要这样做。我会出什么事呢？"

"你不会出什么事，我可不一定。很有可能路上来个男人，跟着你一起走，亲吻你甜蜜的嘴唇，亲吻你的脖颈，还有你漂亮的胸脯，很有可能来个人，而那个人不是我。所以不行，不能让它发生。"

他用手搂住她的脖子不让她离开："我的明珠啊，我的宝贝，我甜美可人的小李子。咬我吧，不然我就吃掉你。"

他用力地吻着她微张的嘴唇，她笑着向后仰，欲拒还迎，她回吻他，又摇摇头，笑了起来，想要挣脱开。他紧紧搂着她不放，嘴唇贴着她的嘴唇，手搭在她的胸脯上。她的头发闻起来像是夏天，像干草，像金雀花，像蕨草，像荆棘。他深深吸了口气，向后仰头，看见褪色的天空中一个小小的白色的点，夜晚的第一颗星星已经升起。女人不再讲话，她的脸色严肃起来。她叹了口气，将手放在他的手上，更加紧实地按在自己的胸脯上。他温柔地俯下身，胳膊轻轻地伸往她的双膝之间，拥着她躺倒在草地上。

"你喜欢我吗？"她像个小女孩一样问道，"可怜的我！"他们饮尽杯中的酒。微风吹过他们的头发，带走他

克 林 索 尔 的
最 后 夏 天

们热烈的呼吸。

　　他们分别之前，他在背包里和大衣口袋里翻找，看他能找到什么东西送给她。他找到一个小小的银盒子，还剩半盒香烟。他清空烟盒，把它送给她。

　　"不，这不是我要送你的礼物，不是的！"他向她保证，"只是一个念想，这样你就不会忘记我。"

　　"我不会忘记你的，"她说道，接着问道，"你会再来看我吗？"他神情变得悲伤起来。他轻轻地亲吻了她的双眼。"我会再来看你的。"他回答道。

　　他静静地站在原地很久，听着她的木鞋踢踏着下山，听她走过山下的草地，穿过树林，踢踏着走在这片土地上。走在石头上，走在叶子上，走在树根上。她已经离开了。树影在夜晚一片黝黑，晚风温柔地拂过大地。兴许是一朵蘑菇，或是枯萎的金雀花，散发着刺鼻的秋天的气味。

　　克林索尔无法下决心回家。现在继续爬山的意义是什么？回到全是图画的那个房间的意义是什么呢？他在草地上舒展了下身子，抬头看着满天的星光。最后他终于睡着

了，睡到凌晨，什么动物的啼叫或是突来的一阵凉风惊醒
了他，于是他接着上山，到了卡斯塔格奈塔，找回住所，
他的住所，他的家门，他的房间。门口堆了一些信件和鲜
花，他的朋友们来拜访过他。

他很疲倦，但还是遵循多年养成的每晚的老习惯，开
包收拾整理他的东西，在床头灯下看白天的素描。其中有
一幅画森林深处的画很不错，植物和石头在光影中发出
清冷的光，像是神秘珍贵的宝盒。只用铬黄、橘红和蓝色
而不用铬绿画画真是个很好的想法。他看了许久这幅画才
放下。

但是意义何在呢？这么多涂满颜色的画有什么样的意
义呢？为什么要如此地费尽心血？他为之洒下的汗水，短
暂出现的迷醉过后的创造力都有什么意义呢？救赎存在
吗？安宁存在吗？和平存在吗？

他刚脱掉衣服就精疲力竭地一头倒在床上，熄了灯，
酝酿睡意，轻轻哼着杜甫写给他的诗：

克 林 索 尔 的
最 后 夏 天

终有一日，

清风将拂过我的墓碑。

克林索尔写给残酷的路易

亲爱的路易：

很久没有听到你的声音了。你现在还在光明中活着
吗？还是秃鹰已经在啃食你的骸骨了呢？

你有没有用过一根织针去挑拨过停摆的钟？我有一次
这样做，然后忽然间就像着了魔似的，钟摆咯咯地响着，
就那样挥霍着所有的时间，指针在钟面上竞相赛跑，疯狂
地转动，发出刺耳难忍的噪声，它们飞速地转着，直到一
切戛然而止，钟摆摆脱了住在里面的怪物。现在的我们就
如同那个钟摆：太阳和月亮在天空中竞相赛跑，年华飞逝
而过，时间和我一同，如袋子中的流沙倾泻。我希望我的

克 林 索 尔 的
最 后 夏 天

死亡来得突然，这个狂醉的世界就可以突然停止，不会再回到反反复复的无聊节拍中。

这些日子我忙到没有时间思考任何事（顺便说一句，这样大声地对自己说出：我无法思考任何事，听上去可真是滑稽啊！），但是每到傍晚时分我都会思念你，我时常会坐在森林深处的几个小酒馆之一里，喝那些受欢迎的葡萄酒，通常这些酒品质都很差，但也还是能帮我忍受人生，帮我睡着。有几次我甚至直接在里面的桌子上睡着了，这也能向那些讥笑我的本地人证明我的神经衰弱好像也并没有那么严重。有时候一些朋友和女人也在场，我在泥塑上练习捏女人的四肢，我们还会谈论帽子和高跟鞋，也会聊艺术。有些时候我们还算幸运，碰上个好天气。我们整晚地放声讨论，大笑，大家都很开心，认为克林索尔是个风趣的老家伙。这里有个很漂亮的女人，每次看见她，她都会问起你，很热切地问起你。

我们两个人的艺术水平，如果哪个教授评价，会说太依赖目标素材（要是能画抽象的谜语多好啊）。我们还是在

克林索尔的
最后夏天

画现实存在的事物：人类、树木、乡村琐碎、铁路、山脉，尽管是用很自由的风格在呈现，还是令那些资本家很不开心。从这个角度来讲，我们其实还在遵循着一些惯例。资本家们管这些事物叫"现实"，因为它们能够被看见，被具体展现，并且每个人，至少大多数人，都展现得不相上下。等这个夏天一结束，我就打算用一段时间不画别的任何东西，只画想象，尤其是我的梦境。有一些是你会喜欢的风格，怪诞又充满惊喜，有点像科隆大教堂的壁画猎兔人克洛菲诺。尽管我感觉自己脚下的土地已经变得贫瘠，尽管总的来说我还是渴望能拥有更多的年岁和伴随而来的成就，我仍旧希望能朝这个宇宙的咽喉里扔进几支激荡的火箭。有个画商最近联系我，说他很开心从我最近的作品中看出我正经历人生的第二春。他说的不无道理，我甚至感觉我是今年才真正开始画画的。但是我所经历的与其说是第二个春天，不如说更像是一次大爆炸。令人震惊的是在我内心深处还存着这么多的炸药，但是炸药在没有木材的地方是很难被点燃的。

克 林 索 尔 的
最 后 夏 天

亲爱的路易，我很开心我们两个自由派在最底层亲密地面对着彼此蒙羞的样子，并且宁愿泼洒对方一身的酒也不愿展露最真实的情感。愿我们永远如此，老刺猬！

最近我们在巴伦哥附近的那个小酒家举办了盛大的派对，有面包和葡萄酒。我们午夜的歌声无比高昂，响彻了整片高耸的树林。人老了以后，不需要太多就能感到幸福满足：一天八到十个小时的工作，一瓶皮埃蒙特酒，半磅面包，一根雪茄，几个美女，当然还有温暖，好天气很重要。这个我们已经有了，太阳每天都在乐此不疲地发挥这个作用。我的整个脑袋都晒得跟木乃伊似的。

有的时候我有种感觉，我的人生和我的事业才刚刚开始，但是有的时候我却感到自己已经挥霍了八十年的光阴，很快就要长眠不醒与世诀别了。每个人最后都要迎来他们的终点，我亲爱的路易，我也是一样，你也是一样。鬼知道我到底在写些什么东西，很明显我的精神状态不是很好。可能是抑郁症在作祟吧，我的双眼剧痛难忍，有时候我总会想起几年前读过的一篇关于视网膜脱落的论文，那是难以抹去的印象。

当我从我的阳台往下看风景，你是知道的，我意识到我们还要努力工作好一段时日呢。这个世界如此巨大又难以言喻地美妙，它每一天都透过绿色的阳台高门叮咚作响地提醒着我，尖叫着、央求着，于是我一次复一次地跑出去，摘取回美丽的碎片，小小的美丽碎片。干燥的夏季对附近的绿化影响很大，我从来没想过有一天我会再一次采用英格兰红和焦黄色。紧接着，一整个秋天蠢蠢欲动，发茬的庄稼，丰收的葡萄酒，玉米地丰收，红叶遍布山野。我想要再完整地经历一次这一切，日复一日地研习。但是我能感受得到，我将再次忠于内心，像我年轻那时候一样，只以我的记忆和想象为源泉去作画，写诗，造梦。这是一定要做到的。

有一个年轻的艺术家曾经向巴黎一位杰出的画家求教，画家是这样说的："年轻人，如果你想成为一个画家，第一，不能忘记凌驾于一切的最重要的事情就是要好好吃饭。第二，良好的消化也很重要，如厕一定要规律按时。第三，

克 林 索 尔 的
最 后 夏 天

身边一定要常伴一位美丽的情人。"你一定会想说我已经对这几条驾轻就熟，并且从来没有违背它们。但是今年，我很不走运，即使是这些简单的事情也并不顺利。我吃得很少，很不健康，有时候一整天可以除了面包什么也不吃，我的肠胃经常闹毛病。（这是最无意义的折磨了，我可以这么说！）我也没有一位合适的情人在旁，我经常游离于四五个女人之间，把自己搞得精疲力竭，和我饿肚子的时候差不多。时钟一定是出了问题。自从我用针挑拨了它，它又开始走针了，但是飞快得像个魔鬼，还发出之前没听过的嘎吱响声。身体健康的时候，人生真的很顺利。你之前从没有收到我如此冗长的信件吧，除了那一次我们为了调色板的问题争论不休。我就此停笔了，现在快要五点钟了，美好的光明来临了。真诚地祝愿你。

你的克林索尔

附言：

我突然想起你喜欢我的一幅小画，那是我画过最具中国风的一幅，画着村舍，红色的土路，维罗纳绿的树木，还有背景里遥远的小小村落。我现在没法寄给你，因为我不知道你身在何方。但是我会留给你这幅小画，这一点我想要先跟你保证。

克林索尔写给朋友杜甫的一首诗

（写于创作自画像的那几天）

喝得微醺。

我坐在晚风吹拂的林间。秋天啃噬着高歌的树枝，酒家老板低语着跑去酒窖，为了斟满我饮空的酒杯。

明日，明日苍白的死神将突袭我鲜红的血肉之躯，举起他战栗的镰刀。

我早就知晓这个恶徒的存在。

他潜伏着，静静等待着机会。

为了嘲讽他，我唱了半个夜晚的歌，对着疲倦的树林哼鸣着我的醉酒歌。我唱着歌，笑对他的恐吓，嘲弄他的警告。

尘世间游荡至今日，我经历万事，备受折磨。现在到了夜晚，我静坐着饮酒，恐惧地等待着反着光的镰刀，将我的头颅同狂跳的心脏分开。

自画像

九月初的几天，经过几周反常的干旱和烈日炎炎，终于迎来几天降雨。克林索尔在这些日子里在他卡斯塔格奈塔的那座有高窗的宫殿沙龙里，画着他的自画像，这幅画如今悬挂在法兰克福。

这幅可怖又有种魔力的美丽图画是他最后完成的作品，这幅画在最后的那个夏天的尾声完成，也是他那段狂热无

克 林 索 尔 的
最 后 夏 天

休止的创作的尾声，是那段创作时期的至高荣耀。这幅画掀起不少波澜，因为认识克林索尔的人都能立刻认出画中的人是克林索尔本人，尽管没有任何其他自画像会比这幅更加不贴近现实中的肖像本人了。

和克林索尔后期的其他作品一样，这幅自画像也可以从不同的角度去鉴赏。对有些人来说，尤其是本身就不认识画家本人的那些人，这幅图画首先色调和谐，是一幅极其和谐，尽管色彩明艳但又肃穆高雅的作品。其他的一些人将这画看作克林索尔为了挣脱自然和现实，为了表达自由而做出的最后的勇敢又绝望的伟大尝试。画上的脸庞像是山景，头发让人联想起树叶和树干，眼窝好像岩石的裂缝。他们说这幅画像是在画自然，然而有些山脊的样子又让我们联想到人的脸庞，一些树干让人想到手和脚——这些都是浮想联翩，都不过是象征意义罢了。但相反地，有很多人只看得到这幅作品中的具体事物——克林索尔的脸，这张脸被作者诠释出他不肯饶恕自己的心情——无尽的坦白诉说，一种毫不掩饰的痛苦抽搐的，令人生畏的忏悔状。仍

克 林 索 尔 的
最 后 夏 天

然有其他的一些人，其中包括一些他最激进的反对者，在这幅画中只看得到克林索尔传闻中已经疯掉了的证据。他们把画中的脑袋与现实中的他作比较，与照片中的他作比较，指出画中的扭曲变形和夸张，轮廓似返祖退化了的野兽特征。有些鉴赏家则集中批评画中显露出的偶像主义，他们看到的是一个自我崇拜的狂热疯子，一个亵渎神明唯我独尊的、自我信仰的自大狂。这些分析和解释都有可能，还有更多数不胜数的对此的诠释。

在那段日子里，克林索尔也没有集中创作这幅自画像，除了晚上喝点葡萄酒，他几乎从不休息。他只吃房东带来的面包和水果，不刮胡子，加上他晒黑的眉毛和深陷的眼窝，整个样子看上去令人担忧。他坐着画，凭借记忆作画，偶尔他会暂时放下工作，去北墙那边那面巨大复古、画着蔷薇玫瑰的镜子那里。站在镜子前他会伸着脑袋，睁大双眼，做出各种鬼脸。

他从镜子中自己的一张脸后看到许多其他的面孔，它们浮现在傻气的纠缠在一起的玫瑰之间。他把这些面孔都

克 林 索 尔 的
最 后 夏 天

画进他的画里去：可爱天真，充满好奇的孩童的脸；年轻小伙的眉眼和额头；酗酒者充斥着幻梦和癫狂的双眼；充满渴求，受尽折磨和烦忧，寻求自由的浪子的嘴唇。但是却把头颅画得庄重威严又残暴，像自我迷恋又充满嫉妒的怪物。这是他许多面孔中的几种。另一种面孔是一个身陷没落，正在衰亡的男人面对着自己的命运：他的头骨上长着苔藓，衰落的牙齿歪歪扭扭，苍白的皮肤上爬满裂纹，裂纹中是皮屑和霉菌。这些细节是克林索尔的一些朋友尤其喜爱的地方。他们说：这就是人，画的正是疲倦的，贪婪的，充满野性的，稚气而又狡猾的我们这个时代尾声的，情愿死去的欧洲人；执念于每一份渴望，痛恨着每一次堕落，因知晓终亡而狂喜，做好前进每一步的准备，也接受任何形式的倒退。他拜倒于命运和痛苦，如同毒瘾者拜倒于毒品，孤单、空虚、老态龙钟；他是浮士德，同时也是卡拉马佐夫；他既是野兽，同时又是圣人，将自己完全暴露在外，完全没有任何的野心，完全赤裸，对于死亡充满了孩童似的惧怕，同时又疲惫地情愿死去。

　　隐藏在这些面孔深处，沉睡着更加久远、更加深刻而古老的面孔，猿人类、动物、植物、石头，就好像末日活着的最后一个人，以梦中的速度从宇宙刚诞生的时刻开始飞速地回想着世间存在过的一切万物生灵。

　　在这些神经紧张的日子里，克林索尔像个狂人。夜晚，他灌下许多酒精，随后手里拿着烛台站在老镜子前，观察着镜中自己的面孔，观察着这个酗酒者脸上可悲的苦笑。有一天夜里他和一个女孩依偎在画室里的沙发上，当他将她赤裸的身体抱紧在怀中，他泛红的双眼越过女孩的肩膀看进镜中，看见她松散的头发旁边，他自己扭曲的面孔，这张脸布满了欲望和对欲望的厌恶。他告诉女孩第二天再回来，但是她害怕了，没有再回来。

　　他晚上的睡眠少得可怜，经常会从噩梦中惊醒，他满脸汗水，暴躁，对生活厌恶至极。但是很快他就从床上跳起来，盯着镜子看，品读着自己脸上孤寂的纹路，发狂的神情。他面色阴沉地观察着，充满怨恨却又微笑着，像是满足于这种毁灭。他做过这样一个梦，梦中他饱受折磨，

克林索尔的
最后夏天

眼睛被钉进长钉，鼻孔被钩子撕裂。于是他拿起手边的一本书，用炭笔在封面画下他受尽折磨的面孔。在他死后，我们找到了这幅怪异的画。还有一次，他的面部神经痛发作了，他在椅背上痛苦地扭动，剧痛令他大笑大叫，但他还是坚持走到镜前，观察着自己的抽搐，奚落着脸上的泪水。

然而他画进画中的不止这一副面孔，也不止其他上千副面孔，不只是画上了他的双眼和嘴唇，不只是他嘴唇上痛苦的沟壑，他额头上的裂缝，树根似的双手，树枝似的手指，他的眼中充满对死亡的讥讽。他还以自己独树一帜的，饱满紧凑的颤抖的笔触，画出了他的人生，他的爱情，他的信仰与他的绝望。他还画了一群赤裸的女人，她们在暴风中像鸟群一样被追赶，她们都是献给克林索尔的祭品。他还画了一个年轻人，脸上写满了自杀的愿望；还画了神庙与树林，还有满脸胡须的古老神明，看上去又睿智又愚蠢；他还画了被匕首割开的女人的胸脯，翅膀上长着人脸的蝴蝶，在画的远处，一切混沌的边缘处，死神，

这个灰白的幽魂手持针一般细小的矛，刺穿了克林索尔的
胸膛。

当他连续作画几个小时之后，他终于坐立不安，站起
身来。他烦躁不安地在几个房间之间来回踱步，房门在他
身后不停被扇动，他从橱柜上抓来酒瓶，从书架上抓来书
本，抓来桌子上的毛毯，他躺在地上开始阅读，他将身子
探出窗外，深呼吸，到处翻寻以前的旧画和老照片，他所
有的房间里，地上、桌上、床上、椅子上，都铺满了他的
报纸、画作、书本和信件。雨天的风吹进窗户，吹散了一
切。在这些旧物中，他找到一张自己孩童时候的照片，四
岁时候照的：他穿着白色的夏装，在他浅金色的头发下，
赫然一张甜蜜执拗的小男孩的面孔。他还找到了他父母的
照片和从前的情人们的照片。这些占据了他的脑海，令他
兴奋也令他痛苦，矛盾的情绪互相拉扯着、纠结着。

他抓起所有的东西，又把它们扔到一边，反反复复，
直到他的胳膊又开始抽搐，他不得不回到画板旁继续画画。
他一遍遍描深自画像中的沟壑纹理，描宽他生命的神庙，

一遍遍地强调着永恒的一切，以此为自己短暂的存在恸哭。他完善着面孔上的微笑，加深他对腐败衰亡的蔑视和谴责。这之后他又跳起来，像只被追猎的鹿，像逃出牢房般的在房间里乱窜起来。他感到一阵愉悦，也感知到潜藏在深处的创作带来的喜悦，像一场湿润吉祥的骤雨。直到疼痛再一次将他击倒在地，将他的人生与他的艺术摔成碎片，甩在他的脸上。他跪在他的画作前祈祷一番后又向它吐了口口水。他疯疯癫癫，就像其他每一个疯疯癫癫的艺术家一样，但是他疯癫的创造力却让他梦游似的在他的艺术世界越走越远。他虔诚地相信，在画自画像的这份折磨中，他不仅是在实现命运和个人的成就，也是在为全人类而创造，为了全世界，是必须而必要的。他感到自己再一次肩负着使命，这是他的命运，从前的种种焦虑和努力逃避，种种不安与狂躁都不过是他想逃避这份使命罢了。而现在他的心中再无恐惧，也不再逃避，除了继续坚持别无选择，只有披荆斩棘，除了战胜它就是被它打倒。他曾经战胜，也曾经失败，他经受过苦痛，也曾放声大笑，但是他坚持着

克林索尔的
最后夏天

战斗了下去，死去又重生。

一位法国画家想要拜访他。房东带着他进到嘈杂肮脏、过分拥挤的房间。克林索尔从画室出来，衣袖上还沾着颜料，脸色灰暗，满脸胡楂。这个陌生人大步跑了进来，他带来了来自巴黎和日内瓦的问候，向克林索尔表达了自己深深的敬意。克林索尔来回走着，像是没有在听他讲话。客人感到窘迫尴尬，沉默不语，准备起身离开。这时克林索尔走过来，将他沾满颜料的手放在陌生人的肩膀上，认真地看着他的眼睛说道："谢谢你。"他缓慢又努力认真地再次说："谢谢你，我亲爱的朋友，但我现在在工作，我不能聊天。人们总是会说太多的话。不要生气，也请把我的问候带去给我的朋友们。告诉他们我爱他们。"说完他便消失在另一个房间里。

在经受鞭笞的这一天的最后，他把终于完成的画放在从不使用的空荡荡的厨房里，锁上了门。他从来没有给任何人看过这幅画。

　　然后他服下安眠药，睡了一整天一整夜。然后他洗了
个澡，刮了胡子，换上干净的衣服，开车进城，买了水果
和香烟，打算送给吉娜。

龙卷风

龙 卷 风

二十世纪九十年代中期，我在家乡的一个小工厂志愿工作，也是那一年还没结束的时候，我便永远告别了那里。我那时十八岁，对于青春的美好坚信不疑，每一天都享受着年轻的甜蜜，似鸟儿畅快地翱翔于天际。

老一辈的人在年复一年的回忆中变得迷茫困惑，而我只需要提醒他们一下，我说的这一年是龙卷风或者飓风袭来的那年，那场龙卷风是我们国家从未经历过的。就是那一年。龙卷风的两三天前，我用凿子不小心刺破了左手，伤口很深，肿得也很厉害，我只能缠上绷带，没有办法继续工作。

我记得那年的夏末，狭窄的山谷里，空气是如何的闷热。连续几天，暴风雨一场接着一场。大自然总是充斥着躁动不安的热气，连我自己也在无意识中被其微弱地影响着。我清楚地记得躁动的一切。比如傍晚时分，我正在钓鱼，我发现水中的鱼似乎也因沉重的空气而焦虑不安，它们混乱地挤成一团，时常跳出温热的水面，盲目地猛冲上我的鱼钩。终于，到了天气略微凉爽平静的时

克林索尔的
最后夏天

候，暴风雨不再那般肆虐，清晨时分，终于透出一丝早秋的气息。

　　一天早上，我离开家，带着我的书，口袋里揣着一片面包，准备享受美好的一天。像小时候那样，我先是来到房子后面的小花园，那时这小花园还藏匿在阴影之中。小时候父亲种下的冷杉我记得只是脆弱的树苗，现在长得又高又壮；这些树下堆着淡褐色的针叶，这么多年来除了常青树，似乎别的植物都不被准许在此生长。除了这个小花园，母亲还在一块狭长的空地上种下了生机勃勃的茂盛灌木丛，每个周日，她都会从这里挑拣出美丽的花束。灌木丛中有一种砖红色的花，名字叫"耶路撒冷十字花"，还有一种细长的灌木植物，纤细的茎上挂满了无数心形的红色和白色花蕊，它的名字叫"渗血之心"，还有一种植物叫作"发臭的虚荣"。周围还有长茎的翠菊含苞待放，这些花草之间，地上还盘着许多肉嘟嘟的长着白色小刺的石莲花和样子滑稽有趣的马齿苋。这个小小的花床是我们最喜欢的，我们梦想中的小花园，因为这里面有许多奇异的花草植物，所以比两边长满玫瑰的圆形花床更令我们喜爱。当阳光照耀在爬满常青藤的墙壁时，每一株植物都显出其独特的美丽，绚丽的唐菖蒲趾高气扬，天芥菜着了迷般阴郁地站着，正在凋谢的狐尾草散发着忧伤的气味，顺从地耷拉着脑袋，楼斗菜踮着脚尖，晃动着身上沉甸甸的夏季花铃。秋麒麟与蓝色的夹竹桃中，蜜蜂嗡嗡作响，小小的棕色蜘蛛在稠密的藤蔓之间爬来爬去，蝴蝶随心所欲地振翅，它们结实的身躯和光亮透明的翅膀在紫罗兰花丛中颤动，这种蝴蝶被称作"燕尾蝶"。

带着假日的愉悦，我穿梭在花与花之间，一会儿闻一闻花丛的芬芳，一会儿又小心翼翼地展开花萼，为了一睹里面神秘苍白的叶脉和雌蕊，柔软宁静的纹路和剔透的凹槽。徘徊于花草之间，我观察着清晨多云的天空，浑厚的云朵和稀薄的湿雾。看上去一场暴风雨要来了，于是决定下午去钓几个小时的鱼。我急切地翻开花园小径的几块石头，想找到蚯蚓的踪迹，却只看到干燥的木虱混乱狂躁地四处逃窜。

　　我思索着做些什么事，但却没有任何主意。从前的假日，我还是个小男孩的时候，最喜欢做的事就是用榛木做的弓来射箭，放风筝，用火药炸开田野里的老鼠洞。这一切后来都失去了魅力和光彩，我的一部分长大成人，疲惫不堪，这些曾经给我无限欢愉的事情再也不能让我为之所动。怀着惊奇和隐约的沮丧，我环视着这些亲切熟悉，承载着我孩童时期的欢乐的地方。小花园、花朵装饰的小阳台，还有潮湿阴暗、长满苔藓石板的小院子，如今看去都与往日不同了，甚至连那些花朵都失去了从前永远绽放的魔力。旧水桶安静无聊地待在花园的角落里。从前有一次，这事让父亲很不高兴——我让水管的水肆意流淌了几个小时，本来是想要运转木轮，用我在花园小径上建造的小水坝和运河来将水运走。这个历经风霜的水桶曾经是我忠实的老朋友，如今看着它，往日童年的欢笑似乎还在心里回响，同时又掺杂着一丝忧伤。这个水桶不再是那股源泉，那条河流，不再是童年时的尼亚加拉大瀑布了。

　　沉浸在自己的回忆之中，我跨过栅栏。一朵蓝色的牵牛花擦过我的脸庞，我摘下它，用牙齿叼着它的茎。我决定去散个步，去爬个山，站在山顶眺望我们的小镇。这种消遣是从前的我绝不会去做的。年轻的男孩是不会想要去散步的，年轻的男孩进到树林里会像个抢劫犯，像个骑士，像印第安人；年轻的男孩去河边会像个船夫、渔夫，或是磨坊的工人；年轻的男孩会去田野里捉蜥蜴和蝴蝶。我的散步就像是一个无事可做的成年人，决定做一件正经又枯燥乏味的事。我嘴里的蓝色牵牛花很快就枯萎了，我把它扔到一边后，又咬起从一棵黄杨木上摘下的小树枝。它有一种苦味，尝起来还有点辣。铁道旁边枝叶繁茂的高灌木丛中，一只蜥蜴在我走近的时候逃走了。我内心深处的小男孩在这时被唤醒，我奔跑着，匍匐着，埋伏着，直到我抓到这只温暖胆怯的小生物。我观察着它宝石般明亮的双眼，怀揣着儿时残留下来的捕猎的愉悦，我在手指间感受着它柔软有力的身躯和挣扎着的坚硬的腿。然而很快我就失去了兴趣，想不到还能对这个被囚禁的小动物做些什么。这么做毫无意义，我也感受不到更多的快乐了。于是我蹲下身，张开我的手。有一瞬间蜥蜴似乎愣住了，趴在地上，一动不动，紧接着就急切地钻回草丛中了。我望着它远去，那一瞬间我清楚地意识到，这里再也无法让我兴致盎然，我愿付出一切只为了搭上眼前这列火车，去探索世界和远方。

我环顾四周，确保没有铁路守卫在警戒。确信周围没人监视之后，我跑着穿越铁轨。轨道的另一边有高耸的红色砂岩，上面布满了铁轨工人之前炸石块时留下的焦黑缺口。我熟练地开始攀爬，迅捷地抓住茂盛的丛木，上面的小花已经开始凋零。那些红色的岩石散发着干燥温暖的气味，灼热的沙砾掉落进我的衣袖，我抬起头，温暖闪耀的天空看上去是如此不可思议地近在咫尺，悬在笔直的石墙之上。等我爬上顶端，依靠着平坦的岩石撑起身体，紧紧抓着纤细多刺的槐树树干，借力用腿攀登。终于，我站在了陡峭的顶端的草地上。

铁轨边的这一小片荒废的空地曾经是我最心爱的地方。这里长满粗糙的无人打理的野草，还长着一些细小的带刺

108

的玫瑰花芽，几棵风儿播撒下的矮小的槐树。阳光透过其瘦弱透明的叶子洒下来。这个长满零零落落的草的空地上，在这个被红色岩石墙围起来的小孤岛上，我曾在这里扮演鲁滨孙。这片无人问津的空地是属于那些有勇气征服红岩悬崖的冒险家的。十二岁的我用凿子把自己的名字刻进了这里的石头，在这里我读完了坦嫩堡的《罗莎》，还在这里写下了一部儿童戏剧，讲述了一个没落的印第安部落的勇敢的酋长的故事。

陡峭的山坡上，被太阳晒得发白的野草无精打采地垂着头，浸满阳光的金雀花在炙热的空气中散发着近乎刺鼻的发苦的芬芳。我躺在干枯的草地上舒展着身体，仰头望着上方精致而又排列整齐的槐树叶子，明亮的太阳映衬着蔚蓝的天空，我沉浸在思考中。我想是时候思索一下我的人生和未来了。

然而我却想不出任何新的方向。我只能看到限制我前进的那些贫乏。从前那些我所珍视的回忆和想法不知何时都莫名其妙地不知所终。我的职业也不能弥补我失去的往日孩童的快乐，我对我的职业提不起兴趣，而且很久以前便想放弃它了。对于我来说，它只不过是我闯荡世界的敲门砖，因为这世界将会给我崭新的向往和满足。问题是，真的会这样吗？

闯荡世界我就可以无限探索，可以挣钱，再也不用提前询问我父母的意见去做任何事，周日还可以自由地去打保龄球，喝啤酒。但是这所有的一切，我很清楚地明白，都是次要的追求。它们都不是崭新的世界带给我的崭新的意义。人生的意义藏在别处，它更加深刻，更加美妙和神秘，一定与爱情和姑娘有关。我所追求的深刻的满足和快乐一定就藏在那里，否则牺牲孩童时期的快乐，长大成人就不会有任何意义了。

我对爱情这回事略懂一二，见过许多情侣，读过许多醉人的情诗。我自己就曾几次陷入爱情，梦里也曾幸运地化身白马骑士，为爱的一切拔剑，奋不顾身。那时我的一些同学已经开始和女孩子约会了，在工厂工作的时候，我的一些朋友也开始毫不羞怯地谈起他们星期日的舞会以及

午夜翻窗进姑娘闺房的事情。然而对我来说，爱情仍是未
被开发的神秘花园，而我站在大门外，羞怯地期盼着。

　　爱情的初次召唤发生在上周，我遭遇事故的前不久。
从那以后，我与爱情的羁绊便一发不可收拾，思前想后的
那个自己逐渐远去；从那以后，过往的生活便留在过去，
我如梦初醒，看到了未来真正的意义。那天晚上，从工厂
回家的路上我和一个学徒结伴而行。我们正走在路上，他
告诉我说他认识一个姑娘，与我很合适。他说那个姑娘始
终单身，除了我不肯接受其他人，她甚至手工绣了一个丝
绸的钱袋作为礼物要送给我。学徒不肯告诉我她的名字，
说要我自己猜出她是谁。我再三追问之后，假装失去兴趣
的时候，我们正走到磨坊前的小桥上，他终于停下来，悄
声说道："她现在就走在我们后面呢！"我有些不自然地转
过身，有些期待是真的，又有些害怕只是学徒一个无聊的
玩笑。一个年轻的女孩走上台阶，向我们走来——是波尔
塔·福格特琳。我在教义课上见过她，现在她在纺纱厂工
作。她停下脚步，向我微微笑，脸颊上逐渐泛起红晕直到

整张脸变得通红。我加快脚步，回到了家里。

那之后我们又遇见过两次，一次是在纺纱厂，一次是在我回家的路上，但她只是简单问候了一句，随后说了声："下班了吧？"——意思是她想要和我聊聊天，但是我只是点点头，说了声"是的"，就感到十分窘迫，快步跑回了家。

此时的我回想起这些，真是彻头彻尾的损失。我曾如此渴望和一个美丽的姑娘相爱，而眼前正有这样一位个子略高我些许，漂亮的金发姑娘，想要我拥她入怀，亲吻她。她身材健美匀称，白里透红的面庞美丽动人，细细的卷发搭在脖颈旁，双眼中充满希冀与爱意。但是我却从不会想念她，从未爱上过她，夜晚的温柔梦乡中也从未邂逅她，枕畔也从未轻颤着呼唤她的名字。如果我想，我便可以拥她在怀，做她的爱人，但是我却无法给她应得的尊敬，无法单膝跪地，真正地爱慕她。结局又会如何呢？我该怎么做？

越想越心烦，我从草地上坐起身来。啊，真不是个好时机啊！要是明天我就能结束在工厂的日子就好了，我就可以远走高飞，忘掉这一切重新开始。

为了找点事做，让自己感觉还活着，我决定爬到山顶上去，尽管从这里爬上去会比较艰难。但是爬到顶端我就可以站在高处，远远地眺望我们的城镇。我跑向陡峭的山坡开始攀爬，翻过石墙，山峰现于眼前，还有荒凉广阔的平地，树丛与零落的石堆。攀爬令我浑身冒汗，气喘吁吁，等到了洒满阳光的高度，轻柔的微风送来了清新的空气，我自由地呼吸着。杂乱的灌木丛中，衰败的野生玫瑰耷拉着头，在我擦身而过的时候掉下苍白无力的花瓣。山上到处长满了绿幽幽的小小黑莓，在洒满阳光的一边，黑莓显出一丝富有光泽的褐色。蝴蝶纷飞在炙热的空气中，翅膀间闪出各色缤纷，数不清的红色和黑色斑点相间的甲壳虫歇息在蓝色的西洋蓍草上，像是一场沉默的集结，它们机械地舞动着细长的腿。此时天上的最后一片云彩也已退去，森影重重的山峰中，几棵冷杉漆黑的树梢刺破剩下的一片蔚蓝。

　　还在学校的时候，我和同学们总会在最高的岩石上点
燃秋日的篝火。我停下来，环顾四周。我看到半遮着阴影
的山谷之间，一条隐隐闪光的河流，闪烁着源自磨坊的泡
沫，山丘沉静的空气中升起来自城镇的袅袅炊烟。

　　那里有我父亲的房子和那座古老的桥，有我们工作的
车间，闪着红光的熔炉火焰，沿着河流向下是一座屋顶长
满野草的纺纱厂。在那亮晶晶的窗户后面，波尔塔·福格特
琳此时正在和许多同事一起工作。唉！我本不想想起她的。

　　整座城镇向我展露出完整的熟悉面貌，那些花园和广
场，那些隐秘的角落，教堂的钟摆上严谨的金色数字闪闪
发光，黑暗冰冷的运河上清晰反射出的房屋和树木。我与
眼前的此情此景渐行渐远，只能怪罪我自己——毕竟是我
自己改变了。我不再满足于无忧无虑地生活在这封闭的围
墙之内，不再满足于这些河流和草木。我的心仍紧紧联系
着这个地方的一切，但是我再也不能安心地这样待下去了，
我热烈的憧憬和向往远远超过了这里狭隘的圈子。我心怀
忧伤地低下头，所有秘密的愿望全都浮现在脑海中，父亲

说过的言语，我崇拜的诗人的言论，还有我自己默默许下的誓言，让我懂得要成为一个真正的男人是一件庄重又令人欣喜的事情，我的命运由我自己牢牢地掌握在手中。这个念头就像一束光，照散了由波尔塔·福格特琳而起的困扰我许久的疑惑。是的，她的确美丽，并倾心于我，但是就这样毫无付出地接受一个姑娘准备好的爱意和幸福并不是我想要的。

中午时分很快就要到了，我想要爬山的兴趣渐渐淡去，我沉浸在思考中，沿着下山的小径走回城镇，走到铁路架桥下面的时候，我想起从前的我在这些茂密的荨麻丛中捕捉毛茸茸的黑色孔雀蛾，接着我走过一片墓地的墙，大门前一棵长满苔藓的胡桃树笼罩出一片阴凉。大门是敞开的，我听到里面喷泉的水声。墓地的旁边坐落着城镇的运动场和游乐场，每逢劳动节和色当节，城里的人们会聚集在这里享受美食，品尝美酒，跳舞庆祝，聆听演讲。如今这些地方静静地留在原地，被人们遗忘在古老的栗子树荫下，点缀着斑驳的阳光，躺在一片赤色沙地上。

克 林 索 尔 的
最 后 夏 天

　　山谷之间，河畔明亮的街道上，正午的高温酷热难耐。河岸上，洒满阳光的房屋对面，稀疏的树叶顶端已经透出标志着夏末的枯黄。与往常一样，我漫步在河边，望着水中的鱼。透明平静的水面荡漾着来来回回的波纹，其中一些幽暗的空隙间，一条孤单的大鱼一动不动地潜在那里，它的鼻子埋在水流中，时不时有一群小小的欧白鱼贴着水面窜来窜去。我想我那天早上没有去钓鱼是对的，这时出现在眼前的一条歇息在水中的黑色的长着触须的白鱼提醒了我，也许下午钓鱼的话会有所收获。想着这些我继续走，从刺眼的街道回到阴凉的走廊上总算让我放松了下来。

　　我父亲对天气的变化总是很敏锐。"我觉得又一场暴风雨要来了。"他在桌边说道。我反对说天上连一片云都没有，或者连一丝西风都感觉不到，但他便会微笑地说："你感觉不到空气很闷吗？我们只能等着看了。"

　　天气确实十分闷热，运河中的污水散发出难闻的气味，像往常燥热风袭来的时候一样。高温爬山令我疲惫不堪，我坐在阳台看着下面的小花园休息。我漫不经心地阅读着有关戈登将军的作品,他是喀土穆的英雄。我读着,时不时打着盹儿,随后我也开始感到暴风雨也许是要来临了。天空还是一片蔚蓝,但是空气变得越发沉闷,好似太阳在炙热的云层中被撕裂了一般,然而实际上太阳仍好好地悬在空中,明亮热烈。两点钟的时候我回到家里,找到我钓鱼的工具。我一边检查着鱼钩和鱼线,一边为要去捕猎而兴奋不已,也为自己至少还拥有这样一个让我充满热情的爱好而充满感激。

我忘不掉那时闷热的空气,那个沉重压抑的午后。拎着我的装鱼的水桶,我来到河边的人行桥,半座小桥隐没在高大房屋的阴影中。附近磨坊的机器发出平稳懒散的嗡嗡杂音,像是一群蜜蜂集结一团;上游的磨坊也传来间断且规律的轮锯激烈的噪声。除了这些,便剩下一片寂静。工匠们坐在作坊的阴凉下歇息,街上空无一人。磨坊小岛上一个小男孩几乎赤裸着在湿漉漉的石头之间戏水,几块粗糙的木板靠在工匠的作坊墙上,火热的太阳晒得它们散

克 林 索 尔 的
最 后 夏 天

发出强烈的木柴的气味，透过浓郁又夹杂一丝鱼腥的河流都闻得到。

水里的鱼儿们躁动不安，它们或许也感受得到天气的异常。一开始我钓到了几条红鲤鱼，一条巨大的长着美丽红色腹鳍的家伙在我马上就要抓住它的时候挣断了鱼线。鱼儿们跟着惊慌失措，那条美丽的鲤鱼也消失在淤泥中，对鱼饵完全失去了兴趣。上游成群的小鱼苗快速地向下游涌来，越来越多，好像在迁徙似的。大自然的一切都在预示着天气的变化，然而空气仍然平稳如镜，天空仍然不动声色。

我猜这些鱼有可能是被恶臭的污水赶到这里，但我还不想就此放弃，决定换个地方，去靠近纺织厂的那条小河。很快我就在仓库旁边找到个地方，拿出我的工具，刚在矮墙那里坐下就看到波尔塔出现在纺织厂楼梯间的窗户旁。她正朝下看，向我挥手，我却赶紧弯下腰摆弄我的鱼竿，假装没有看见她。

我看着倒映在黝黑河面上的自己，坐在那里，握着颤抖的鱼竿，头搁在两腿之间。姑娘还站在窗边，她喊着我的名字，但我仍一动不动地盯着水面，头也不回。

我什么也没有钓到，这里的鱼也在四处乱窜，好像赶着去办什么紧急事似的，沉闷的酷暑使我没精打采，我坐在那里，不再心怀期待，只希望今天快点结束。磨坊的机器仍在我身后嗡嗡作响，河水轻柔地拍在满是苔藓的潮湿墙壁上。我昏昏欲睡，兴致全无，唯一还坐在这里的原因是我懒得起来收拾我的装备和工具。

大概半小时之后，我终于突然从懒散中苏醒，感到局促不安。一阵阵微风缓慢迟疑地围着隐形的轴打着转，空气仍旧沉重，充斥着难忍的味道，几只惊慌的燕子擦着水面飞快地掠过。我感到一阵眩晕，我想也许是中暑，河水的气味越来越强烈，一种恶心的感觉从胃部直冲到我的脑袋，我瞬间浑身冒汗，我卷起鱼线，水珠滴在我的手上，冰冰凉凉，我开始收拾工具。

我站起身来，看到磨坊外细小的灰尘开始随风打转，突然之间它们飞起来，形成一大块云团，高空中鸟儿们好

似被鞭子追赶一般急速飞过，过了一会儿又看到山谷之间
的空气一片苍白，像是一场纷飞大雪。突如其来的一阵冷
风像个仇敌般撞到身上，直接把我的鱼竿从水里刮了出来，
吹跑了我的帽子，像拳头般的雨点猛砸在我的脸上。

方才还似一场大雪纷飞在远方房屋上空的白色气流突
然之间将我包围，吹得我又冷又疼；河水像是被磨坊水轮
搅成一团洒向空中。我的鱼竿已经不知所终，而我身陷这
狂乱的茫茫雾气之中，狂风击打着我的头和双手，沙砾碎
石飞散在我的身旁，尘土和木屑在空中旋转飞扬。

我不知道这一切意味着什么，我只知道可怕的事情将
会发生，我也会陷入危险之中。我猛地一跃，钻进一个仓
房，对眼前的一切感到又惊又怕。我扶着铁梁尽量站稳，
那一刻我只麻木地站在那里，呼吸困难，脑中只剩下动物
本能的恐惧意识。随后我慢慢清醒过来，意识到此时的这
场风暴是我从未经历过甚至都无法想象的强烈。头上响起
一阵愤怒又好像受惊般的喧哗，巨大的冰雹恶狠狠地坠落，
在我头顶的屋檐上和门外的土地上砸出一片片厚重的白色

积霜，一团团冰块滚落到我的脚边。冰雹和狂风的喧闹可怖至极，河水翻滚着泡沫，狂怒着撞在墙上。

我看到木板、瓦片和树枝在空中搅在一起，猛烈碰撞，碎石块和石灰瓣里啪啦地掉落在地上，紧接着又被大片的冰雹覆盖住。我听见瓷砖摔碎和玻璃破裂的声音，疯狂的飓风将屋檐吹落。

有人从工厂那边穿过满地的冰雹跑过来，穿过可怕的风暴，狂风野蛮地鞭打着她的衣裙。紧接着她跑进了库房，向我走来。那张陌生又熟悉的脸逐渐接近，连同那双充满爱意的双眼和略带伤感的微笑，她温暖而沉默的双唇贴上我的双唇，贪婪地吻着，双臂紧紧地拥着我，她潮湿的金发紧贴在我的双颊。外面的狂风骤雨震撼着整片大地之时，我的身体也颤抖着，随着沉默如深渊的爱恋更加极致和热烈地颤动着。

我们紧紧地贴着彼此，坐在一堆木板上面，沉默无言。我羞怯又好奇地抚摸着波尔塔的金发，将我的双唇紧紧贴在她紧致而丰满的嘴唇上。她温暖的身体包裹着我，甜蜜又忧伤。我闭上双眼,她把我的头压在她悸动的心脏上,压在她的胸膛上,她温柔地抚摸着我的头发,又抚在我的脸庞上。

当我睁开双眼,从昏昏沉沉的眩晕中苏醒,眼前是波尔塔严肃又悲伤的美丽面庞,她怅然若失地低头望着我。她光洁的额头上,蓬乱的头发下,一道细细的鲜血从脸颊流淌到脖颈。

"你怎么了?出什么事了?"我惊恐地叫道。

她凝视着我,微弱地微微一笑。

"我觉得世界末日就要来了。"她轻轻地说道,风暴的咆哮吞噬了她的话语。

"你在流血。"我告诉她。

"是冰雹砸的,没事的。你害怕吗?"

"我不怕,你呢?"

"我也不怕。哦,亲爱的,整个城镇都要被毁成碎片了。哦,亲爱的,你真的一点也不爱我吗?"

我沉默不语,只是出神地望着她明亮的大眼睛。那双眼睛满是绝望的爱意，在她俯下身贴近我，双唇再一次贪婪沉重地压过来的时候，我紧紧望着她灰色的双眸。那道鲜红的血快速地流淌过她的左眼，流淌过她白皙年轻的肌肤。我仍有些昏昏沉沉，我的内心仍在抗拒，绝望地挣扎着不愿屈服于这场风暴，不愿屈服于自己的意志。我坐起来，她看着我的脸，看出我对她的怜悯之意。

　　她坐到一边，有些生气地看着我。出于本能的同情和心疼，我伸出我的手。她用双手握住我的手，把脸埋在我的手掌里，跪下去哭了起来。她温暖的眼泪滴落在我颤抖的手上，我低头看着她，为难而愧疚。她哭着，颤抖着双手，我看着她脖颈上柔软微卷的发丝。她要是另一位姑娘就好了，我激动地想着，要是她是一位我真正爱着的姑娘，是一位我愿意付出我的真心的姑娘就好了，那样的话我就可以满怀欣喜、充满怜爱地轻抚这头美丽的卷发，亲吻她白皙的脖颈。但是我体内的躁动已经平静下来，我对眼前的姑娘满怀羞愧，她正跪坐在我的脚边，而我却没有任何意愿为她献出我的青春和骄傲。

当我开始回忆整理刚刚发生的一切，所有的冲动和举动，感觉好像着魔了一整年一般，这过去明明只有几分钟的一切已经在回忆中被我无限拉长。突然，整个房间又充满了光亮，被撕成碎片的潮湿天空又逐渐找回彼此，交融回一片明丽与清澈。转眼之间，狂暴喧嚣的风暴便结束了，周围又是一片不可思议的宁静。

我走出仓房，仿佛是从奇幻的梦境中走进重生的光明。院子里留下一片凄凉景象，地上满是沟壑，仿佛刚被马群踏过，四处都是巨大的冰雹堆。我的钓鱼工具早已不知所终，装鱼的水桶也消失不见。透过磨坊破碎的窗户，我看着人们匆忙地四处奔走，人群从一扇扇门中涌出，院子里都是破碎的玻璃碴子和砖块，一根长长的房顶的锡管被风暴撕扯下来，倾斜着歪倒下来，坠在半空中。

所有的一切都被我抛到脑后，此时我只激动而好奇地想要看看到底发生了什么，想要看看这场风暴留下了些怎样的破坏。最先进入眼帘的是窗户已经破碎不堪的磨坊和屋顶碎裂的砖瓦，一片凄惨的废墟。但是转念一想，这些和这场风暴带给我的噩梦般的感受相比，根本不算灾难了。我感到如释重负的同时，又隐约有一丝失望：周围的房屋还屹立在那里，山谷两边的山丘也仍然站在原地。没错，这世界还未末日。

但是等我离开工厂的空地，走过小桥，拐进第一条街道的时候，眼前的景象比刚刚要更加惨烈。街道上满是陶瓷碎片，百叶窗破碎不堪，烟囱被吹倒在地，连带着房顶的碎片。人们站在自家的门前，脸上布满悲伤与挫败。眼前的景象不禁让我想起那些被入侵和围困的城市。碎石和树干横在路上，一扇扇窗户满目疮痍。花园的栅栏有的散落在地上，有的挂在墙壁上嘎嘎作响。很多家庭在寻找失踪的孩子，不少人甚至听说已经在这场冰雹风暴中失去了性命。星星银币一般大的冰雹四处可见。

我还处于一种亢奋的状态，以至于还没有回家去查看自己房屋和花园的状态。我也没有想到家人会挂念着我，因为我此时还平安无事。我不想再走在这些硌脚的碎石路上，决定去郊区走走。我想要去墓地旁边的那片广场，那是我最钟爱的地方，孩童时期我曾在那里庆祝所有的节日。

下山回家的路上仔细回想一下，刚刚那场风暴不过是四五个小时之前发生的，我却感觉是很久很久以前的事了。

我走回到街上，走过矮小的人行桥，路上透过房屋的间隙我看到红砂石的小教堂完好无损，体育馆也几乎同样完整，只是受了一点点的损伤。再往前走，我老远就认出前面那座孤零零的小旅社的房顶。它仍然在原地站着，但是又好像变了模样，一开始我还说不出哪里变了。但是等我更仔细地观察，想起之前在旅社门前曾有两棵白杨。如今这两棵白杨都不见了。从前熟悉的景象就这样被毁掉了，这个亲切的地方就这样被亵渎了。

一种沉重的不祥的预感油然而生，应该有更多神圣珍贵的东西被摧毁了。我第一次意识到我其实是有多么热爱我长大的这所城镇，我的心为之沉痛，我的内心是如此深沉地惦念着这些房屋、钟楼、桥梁和街道，还有这些树木、花园和森林。怀着重新涌上心头的烦闷焦虑，我加快了脚步，继续走着。

到了那里我停下脚步，看着眼前无数的废墟，那些我最美好的记忆里美好的角落。我们假日里曾无数次乘凉的上了年岁的栗子树，那粗壮得三四个男孩手拉手都很难围得起来的树干，此时破碎不堪地倒在地上，树被连根拔起，倾倒着，地上尽是巨大的坑痕。没有一棵树还在它们原来的位置上，大地像是一片丑陋的战场，酸橙树和枫树一棵连着一棵全被吹倒在地。这个宽阔的广场此时布满巨大的树木的残枝，枯萎的树干、树根和土块四处散落。仍有一些强壮的树干屹立不倒，但是已经失去全部的树枝，且已经被摧残得破碎扭曲，覆满了白色的木屑。

我无法继续往前走下去了，街道和广场都堆满了纠缠在一起的巨大的残骸。这个儿时印象中只有深邃神圣的树荫，高耸的树木形成的神庙的地方，如今只剩下空洞的天际之下的一片废墟。

我感到自己所有秘密和回忆的根也被彻底拔掉，它们被无情残忍地撕碎，幻化成粉末，消逝在刺眼的日光里了。

克林索尔的
最后夏天

接下来的几天我四处游走，再也找不到森林里的小径，也看不到从前熟悉的树荫，孩童时候经常攀爬的橡树也都不在了。目光所及的方圆几里，只看得到废墟、洞孔，长满树木的山丘被风暴镰割成近乎草地，大树的残躯凄惨地倒向太阳。此时的我与我的童年之间似乎横着一道深不见底的鸿沟。这里不再是我熟悉的那个家乡了。那些温馨或是愚蠢的过往都已离我而去，那之后不久，当我离开这个地方，去成长为真正的男人，去真正面对我的人生的时候，留在这里的人生最初的剪影也随之而去了。

内与外

内 与 外

从前有个男人名叫弗里德里希，他很聪明，善于思考，见识渊博。但是在他的脑袋里，知识便只是知识，想法便只是想法，他热衷于一种理论，除了他，世人都憎恨嫌弃的一种理论。他所热爱和崇拜的便是逻辑学，他认为逻辑学是极其出色的方法论，他崇尚一切他称之为"科学"的东西。

"二乘二等于四，"他常常说，"基于这个事实，我认为所有人的思想都必须建立在像这样的真理之上。"

他也并不是不了解这世界上还有其他形形色色的理论和知识，但是那些都不是"科学"，所以他根本就不把它们放在眼里。当然了，作为一个自由思想家，他是完全能够理解包容宗教思想的。这种对于宗教的包容是古往今来所有科学家心照不宣的共识。几个世纪以来，科学几乎包罗了大千世界的万事万物，只有一个例外：人类的灵魂。随着时间的推移，科学家们逐渐习惯了将这个例外的领域留给宗教，包容其对于灵魂的一切猜想推断，但同时又不去特别认真对待。然而尽管弗里德里希对宗教持包容态度，

他却对剩下一切他认为迷信的事情极其憎恶。落后的地区
那些未受教育的人们都十分迷信许多观念，在遥远的古代，
没人可以否认神秘似有魔法的一切思想的存在，直到科学
和逻辑逐渐普及，这些过时的毫无根据的设想就失去了立
足之地。

他一直都是这么想的，也一直是这么说的，每当他发
现周围有关于迷信的蛛丝马迹，他就会像是被什么敌人打
了一下一样生气。

最让他愤怒的莫过于在自己班上的同学里察觉出迷信
的痕迹，因为这些同学可都是熟知科学理论的知识分子啊。
他在那些受过高等教育的同学之间听到他们讨论研究的一
些简直堪称亵渎神明的见解，没有比这更让他痛苦和无法
忍受的了。他们的想法简直荒谬可笑：科学理论可能不是
世界上最权威、最永恒、最亘古不变且不可动摇的真理，
它只是众多思想理论中的一种，并不是永恒的，也不可能
一成不变或是永不被推翻。这种无礼又消极的恶毒的思想
主张逐渐流传开来，就连弗里德里希都没法无视，战争、

革命、饥荒带给这个世界的痛苦成为这种思想的"温床"，它像个警告一般地肆意传播，好似一只白色的鬼手在一面白色的墙上写下的格言准则。

　　弗里德里希越是纠结痛苦于这种思想的存在，苦陷其中无法自拔，就越是更加深刻地仇恨它，连带着仇恨他怀疑暗暗支持这种思想的那些人。到目前为止，只有极少数知识分子公开承认这种新思想主义，如果这样的支持得到越来越壮大的力量，流传开来，那必将会消除这地球上主导的一切思想文明，世界将一片混沌。但是形势目前还没有那么糟糕，这种思想的拥护者和支持者仍然是极少数的，基本都会被看作怪人或是太过激进的人。尽管如此，这种思想的点滴毒液还是会在各个地方出现，清晰可辨。在普通人群和受过很有限的教育的人群中，新的学说和信条，超自然和神秘学的教育包括邪教以及狂热主义的教派都随之出现。这个世界很快就充满了这些思想，认同迷信、神秘主义、超自然和吉凶的神论，以及所有随之引起的灾难性的影响。毫无疑问，这些思想需要被批斗消灭，但就目

前来说，科学在它们面前似乎有什么软弱的秘密，只一言
不发地默默经过。

　　这一天，弗里德里希到一个过去一起合作过许多研究
项目的朋友家里。实际上他已经有一段时间没有见过这个
朋友了。上楼梯的路上，弗里德里希还在努力回想上一次
见到这位朋友是什么时候，在哪里见的。然而尽管他平时
都以自己的记忆力为傲，此时他是怎么都记不起来了。这
让他感到很心烦，甚至要努力地调整一下心情才敲起朋友
的房门。

　　他见到了艾尔文，他的这位旧友，他立刻注意到艾尔
文友善的脸上那抹近乎宽容的微笑。他感觉这种微笑是他
之前没有见过的，眼前的这种友善在他看来似乎透露着嘲
讽或是敌意，他看到这微笑的那个瞬间，之前无论如何也
想不起的那些回忆涌入脑海，他回忆起了上一次见艾尔文
的时候。他想起上次他们分别时没有争吵，但在心里都怀
有芥蒂，因为在他印象里，艾尔文好像并不是很支持他全
心全意抨击迷信思想的行为。

内 与 外

真奇怪！他怎么会把这一回事忘记了呢？他突然意识到他为什么这么久都没有想起联系这位朋友，只是因为上次见面的时候他感受到的这份怨恨，他同时也意识到自己心里其实一直也清楚这个真正的原因，尽管他给自己找了一堆借口，一再推迟拜访这位朋友。

现在他们又面对面地站在一起，可弗里德里希却感觉他们之间的隔阂甚至更加深了。他本能地感受到在那一刻，他和艾尔文之间的关系少了些什么，可能是他们之前一直拥有的某种默契，某种一拍即合的共识和共鸣，甚至可以说是一种亲密的感情。而此时，这种关系却出现了裂隙，一道鸿沟，一种疏远。他们互相问好，聊了聊天气，聊了聊共同的好友，聊了聊身体健康——不知道为什么，他们聊的每一句话都让弗里德里希下意识地排斥，好像他再也无法完全理解眼前这位朋友真正的感受了，好像艾尔文也不再真正地了解他了，他们之间的谈话似乎无法再触及心灵，甚至无法再拥有一场相同立场的对话了。艾尔文的脸上还挂着那抹善意的微笑，弗里德里希开始讨厌这个笑容了。

在这场尴尬的谈话的片刻停顿中，弗里德里希环视着这间熟悉的书房，看到一张纸松垮地钉在墙上，这画面给他一种奇异的感觉，唤起了一些从前的记忆。在很久以前，和艾尔文还是同学的那时候，他和艾尔文都有这样的一个习惯，把哲学家或者诗人的一些至理名言挂在墙上。他站起来，走到墙边想要看看纸上写的是什么。

艾尔文整洁秀气的笔迹写着："外乃虚无，内也虚无，故在外者，也在内。"

弗里德里希脸色瞬间苍白，他站在原地愣住了一刻。就在眼前！眼前的便是他所惧怕的！如果换作别的时候，他也许就宽容地让这事就此过去，把它看作无伤大雅，无可厚非的消遣，也许会让人有些伤感，但他仍会宽容对待。但是今非昔比，他感到这些话并不是艾尔文一时兴起而写下的，也不是他突发奇想想找回年轻时候的这个习惯。这些话是他这位旧友在声明自己新的主张：神秘主义！艾尔文是个叛徒。

弗里德里希慢慢地转过身，再一次看到艾尔文脸上绽放的笑容。"请解释一下这张纸是怎么回事。"他要求道。

艾尔文还是那副友善的样子，点了点头。

"你之前没有见到过这句话吗？"

"见过，当然见过，"弗里德里希喊道，"我当然知道这句话！它是神秘主义的话，是诺斯替教的思想。确实富有诗意，但是……现在请你解释的是，为什么它会挂在你的墙上。"

"我很乐意给你解释，"艾尔文说道，"这句话是我目前比较感兴趣的一个理论的入门引言，研究这个理论让我收获了许多快乐。"

弗里德里希忍耐着他的怒气，问道："一个新理论？有这么回事吗？它叫什么名字？"

"哦，"艾尔文说，"只是对我来说是个新的理论，实际上它历史悠久且值得尊敬。它叫作魔法。"

他就这么说了出来。弗里德里希为这种直言不讳的声明感到惊愕，他感觉此时面对的是他朋友体内藏着的一个宿敌。他沉默不语，不知道他是更愤怒还是更想大哭。他感到一种难以言说的苦涩，一种无法挽回巨大损失的痛苦。
他沉默了很久很久，接着他故意用嘲讽的语气说道："所以
你现在想成为一个魔法师了？"

"是的，"艾尔文毫不犹豫地回答，"有点像巫师的学
徒，是不是？""的确。"弗里德里希又一次陷入了沉默。
他们安静得连隔壁房间钟表摆动的声音都可以听得一清
二楚。

终于弗里德里希说道："我想你应该明白，这样就意味
着你和严肃的科学一刀两断——也因此和我一刀两断了？"

"我希望不会，"艾尔文答道，"但是如果一定要这样的
话……我还能怎么做呢？"

弗里德里希爆发了，"你还能怎么做？"他大声喊道，
"放弃这种荒谬的理论，这种阴暗可耻的骗术，彻底放弃它
吧！你可以这样做，如果你还想让我尊敬你的话。"

艾尔文微微一笑，但是他看上去不再那么开心了。

"你说得——"他的话音很轻，弗里德里希愤怒的叫
喊似乎还在整个房间回荡，"你说得好像这是个个人意愿

的问题，好像我有选择一样。不是的，弗里德里希，事实不是这样的。我并没有选择。我没有选择魔法，是魔法选中了我。"

弗里德里希深深地叹了口气。"那么再见了。"他痛心地说道。他站了起来，甚至没有挥手告别。

"不要！"艾尔文喊道，"不要这样，你不能就这样离开我。假设我们之间有个人将要死去——也许事实就是如此！而我们要正式和对方告别。"

"但是我们之间谁要死了呢，艾尔文？"

"我的朋友啊，今天毫无疑问那个人是我。一个寻求新生的人必须要做好先死去的准备。"

弗里德里希再一次走到墙边，阅读那句格言。

"很好，"他终于说道，"你说得对，这样充满怨恨的告别对我们谁都没有好处。就照你说的，假设我们之间有一个人将要死去。那个人也有可能是我，但是在我离开你之前，我想要请你帮我最后一个忙。"

"我很乐意效劳，"艾尔文说道，"告诉我，在离别之前我能为你做些什么？"

"我只是想要再重复一遍我第一个请求，这就是我想你帮的忙：请尽你所能完整彻底地再解释一下这句话。"

艾尔文思索片刻，开口说道：

"外乃虚无，内也虚无，这句话宗教上的意义已经广为人知：上帝无处不在。他存在于人们的意识当中，也存在于自然当中。世间万物都是神圣的，因为上帝就是万物。过去人们把这叫作泛神论。而哲学上它的意义是：内与外之间的区别只是我们的思维惯性，不是必要存在的。我们的意识有能力跨过自己给自己画下的结界，跨过构成这个世界的一切相对物，看到新的见解和思想。——啊，我亲爱的朋友，我必须向你承认，自从我思考的模式变了，再没有任何话语或者名人格言对我而言只有简单的一层意义了，每一个字都有十层、二十层、一百层含义。而这，准确来说，就是你所惧怕的那件事——魔法的开端。"

弗里德里希皱起眉头，想要插话打断他，但是艾尔文安慰似的望着他，提高音量继续说道："让我为你举一个例子让你回去思考。你从我这里带走些东西吧，任何东西，观察一段时间，过不了多久，内与外的那句格言就会向你展露出它无数层真实的含义。"

他环顾四周，从墙上的壁架取下一个小小的上过釉的泥人儿，递给弗里德里希。

"把它当作我离别的赠礼吧。"他说，"当有一天，我放在你手里的这个小东西不再存在于你之外，而是存在于你之内的时候，你再回来找我。但是如果它永远像现在这般存在于你之外，那么就让我们也随之永不往来吧。"

弗里德里希原本还有很多话要说，但是艾尔文伸出手来与他告别，一副不再容得下更多交谈的样子。

弗里德里希就此告别，走下来时的楼梯（真不可思议，他从这些楼梯爬上来感觉像是很久以前的事了）。他穿过街道，捏着手里的小泥人儿回到家里，整个人困惑不解，闷闷不乐。站在家门口他停下了脚步，气愤地挥了下拳头，有种强烈的冲动想把手里这个可笑的小东西狠狠地砸在地上，但他并没有这么做。他咬了咬嘴唇，回到家中。他从

克 林 索 尔 的
最 后 夏 天

来没有如此焦虑不安，被自己心中矛盾的情绪反复折磨。

他找了个地方放下朋友给的这件礼物，然后终于关上书架的顶层。暂时就把它留在那里。

时间流逝着，他会时不时地看一看它，思考着它究竟从何而来，思考着这个可笑的小物件到底会带给他怎样的意义。它不过是个小小的泥塑，一个人像、神像，或者古罗马的两面神，这样工艺粗糙的一个泥塑，上过釉的表面，好几处都裂开纹路。这个小物件看上去粗糙又无关紧要，肯定不是希腊或者罗马的工艺，更像是古代非洲或者南边海岛的岛民制作的。在一模一样的两张脸上都有同样的傻气懒散的笑容，甚至有点狡黠——这个小妖精总是绽着个神奇的笑容，让人心神不宁。

弗里德里希还是看不惯这个小东西。它妨碍着他，惹他心烦。第二天他便把它拿了下来，放在了火炉上面，过了几天他又把它拿走放在橱柜的顶上。它一次又一次地引起他的注意，仿佛故意探出身，冲他冷漠地露出那个愚蠢的笑容，显示着自己的尊贵，寻求关注。两三周后他又将

142

它拿出来，拿到门廊，放在那些从没有人看的意大利的摄影集和奇形怪状的小纪念品当中。至少现在他只有在进出家门的时候才会看到这东西了。他总是迅速地经过门廊，从不停下来多看它一眼。但是即便是放在那里，这个小物件还是会令他心生不悦。

这一团泥块，这个长着两张脸的怪物，带给他无尽的烦恼与折磨。

几个月后的一天，他短途旅行回来——他总是坐立不安，干脆开始时不时地如此短期外出旅行。他打开家门，穿过门廊，和女佣交谈了几句，浏览了几封不在家的时候寄来的信件。但是他疲惫不堪，心烦意乱，感觉好像忘记了什么很重要的事，没有任何书可以吸引他，坐在哪一把椅子上都不舒坦。他开始思索，努力回忆：到底是什么让他的情绪变得如此不稳定？他忘记什么重要的事了吗？有什么事激怒了他吗？他吃了什么不好消化的东西吗？他琢磨着、思索着，想起这种令人不快的感觉是他到了家之后才有的，在家门口就开始了。他又走回到门廊，第一件事就是下意识开始寻找那个小泥人。

他没有看到那个泥塑，一种奇怪的战栗传遍全身。小泥人消失不见了。它不在原来的地方。它是用自己的小泥腿逃跑了吗？飞走了？是有什么魔法咒语把它吹回到它的老家了吗？

弗里德里希振作起精神，微微一笑，摇摇头安慰自己，驱走暗暗的恐惧，接着他开始系统地搜索整个房间。他还是到处都找不到小泥人，只好把女佣叫来。女佣走过来，有些不安地拧着双手，立刻承认了在打扫房间的时候不小心摔了那个小泥人。

"它现在在哪儿？"小泥人不再完整了。它看上去很结实，她也经常在手里把玩过，但如今它已经摔得粉碎，无法再修复了。她把这些陶瓷碎片拿去求助上釉工人，但对方只是嘲笑了她一番，于是她只好把小泥人的碎片全都扔掉了。

女佣离开后，弗里德里希笑了。他并没有心存不满，天知道失去小泥人才不算什么损失。现在怪物已经消失了，他可以重获平静了。他怎么没有在拿到它的第一天就把它摔成碎片！它折磨了他这么久！那个小怪物懒散的，奇怪的，狡黠又邪恶的，恶魔似的微笑！现在泥塑已经不在了，他可以面对自己的内心了：他曾经如此惧怕它，他曾经真实地恐惧过那个泥神像！对于弗里德里希来说，它就是一切令人憎恶和无法忍受的东西的象征，它是一切他看作有害的、充满敌意的、必须消灭打败的迷信，所有的黑暗势力，阻碍人类思想自由的一切。它不正代表着他时常会听到的令人畏惧的神秘力量的咆哮吗？像是遥远的一场足以摧毁整个人类文明的地震，将世间一切搅为混沌。这个卑劣的小泥人夺走了他曾经最好的朋友——不，不仅是夺走了他，还让他成了一个敌人！好在现在这东西已经不在了，当然如果是他自己摔碎的就更好了。

他这么想着，这么说着，接着就和往常一样去忙了。

然而他好像是被什么东西诅咒了。这段时间他已经或多或少地习惯了这个荒谬的东西存在，它待在门廊的桌子上面的景象已经随着时间的流淌变得熟悉，甚至对他来说快要变成毫无痕迹的一部分了。

如今它不在了，他却开始感到苦恼。是的，他开始想念它。每一次当他经过门廊，看到原来小泥人在的地方如今空着，散发着一种空虚的气息，令整个房间都显得荒凉陌生。

接下来的白天黑夜都开始变得难过，弗里德里希每一次经过门廊的时候都没法不去想起那个两张脸的泥塑，没法不想念它，他的思绪与它拴在了一起。其实想起它对弗里德里希来说是一种折磨，但他就是控制不住。而且这种感受不仅仅是经过门廊的那个瞬间才会有。远不止如此。就像门廊那里的桌子如今透出的空虚和荒芜一样，他的内心深处也随着渗出失控感，渐渐地挤走其他的一切，占据所有的空间，吞噬所有其他的想法，在他的灵魂里留下冰冷的一片空虚。

时不时地，他会再度清晰地回忆起小泥人的样子，仅仅是为了向自己证明——为失去它而痛心是多么荒唐可笑。他在回忆里端详着它愚蠢粗野的丑陋模样，端详着它两张脸上那个空洞又狡黠的笑容。有时候他会不自觉地抿紧嘴巴，试着模仿那个可憎的笑容。一个问题纠缠着他：小泥人的两张脸真的是一模一样的吗？釉彩上的光泽或者纹路是不是让其中一张脸的神情略有不同？那是一种疑惑的神情吗？这两张脸藏着怎样的一个谜呢？还有釉彩的颜色，多么神秘，多么奇异！有绿色、蓝色，还有灰色，竟还有红色。他现在看到别的东西的时候甚至都看得到这些色彩，在太阳光下闪耀的玻璃窗上看到过，在人行道上潮湿的水滴上也看到过。

他日夜思索着惦记着釉彩。釉彩——多么奇怪、异域、令人不快的一个词语！他把这个词分解开来，满心怨恨地，他把它拆散，当他把这些拆分的零件倒装重组起来，这个词语就变成了"rusalg"，他认识这个词，他当然认识，这个邪恶的让人不悦的词有着同样丑陋讨厌的读音。他思索了很久，终于想起这个词让他想起过去旅途中曾经买回来读的一本书，书名叫作《罗莎尔卡公主》。那本书让他恐惧，备受折磨，但同时又让他暗暗为之着迷。这么看来这个小泥人一定带着某种诅咒。跟它有关的一切——釉彩，不管是蓝色的，还是绿色的，或是那个笑容——都透露着邪恶，它们全都是冷酷且有毒的。还有他的朋友艾尔文，他曾经的这位朋友，把它递到他手中的那时还微笑着，多么奇怪！那个微笑现在想来，是如此诡异，如此意味深长又充满敌意！

弗里德里希这些天都在勇敢地与这些感受抗争，然而总是以失败告终，他被那些想法接二连三地攻击。他很清楚其中的危险——他不想因此而失去理智。不可以，那样还不如死了。因为对于他来说，理智是必需品，而生命不是。他也曾闪过一个念头，想过也许这就是魔法，也许艾尔文利用那个小泥人给他下了个蛊，而他中招了——成了这场为了理性和科学奋战的牺牲者，输给了黑暗势力。但如果事实果真如此，如果他哪怕有一丝动摇认为是有可能的，那么魔法就真的是存在的了！不行，他真的宁愿去死！

医生建议他多散步，洗冷水澡。有的时候他会在小酒馆度过一晚，以分散注意力。但这些做法全都没什么用处。

他诅咒艾尔文，也诅咒自己。

一天晚上他惶恐地醒来，那段时间他总是这样醒来，并且无法继续入睡。他感到痛苦且不安。他试着冷静地思考，想要安慰自己，他思考着要对自己说的话，安慰的话，安心的话，能给他宁静，让他清醒的话，比如"二乘二等于四"。但是他什么也想不出，他半痴半醒地开始发出些含糊的声音和音节。慢慢地，这些声音在他口中形成词语，有好几次他重复着心里油然而出的一句自己都不太明白其含义的话。他反反复复地念叨着这句话，好像要催眠自己一样，好像要顺着狭窄的环绕着深渊的小路，去找寻他逝去的睡眠。

突然间，他提高了音量，含混不清的念叨刺激唤醒了他的意识。他熟悉这些话。他是在说："现在你存在于我之内了！"他瞬间就意识到这意味着什么，他知道这句话指的是那个小泥人，他知道此时此刻，在这个灰暗的夜晚时分，他精确无误地应验了艾尔文在那糟糕的一天说出的预言。那个小泥人，那个他曾经十分轻蔑地拿在手里的小泥人，如今真的不再存在于他之外，而是存在于他之内了！
"如此，在外的一切，亦在内。"

弗里德里希从床上跳起来，他感到体内的血液一半冰川一半火焰。整个世界都在旋转颠倒，宇宙星际间的一切都在愤怒地注视着他。他打开台灯，匆忙穿上衣服，然后出了门。他顾不得此时天色已晚，他现在就要见到艾尔文。他这位朋友那间熟悉的书房还亮着灯，大门也没有锁，一切看上去都好像在恭候他的到来。他蹒跚着走进艾尔文的卧室，颤抖的双手撑在桌子上。他的朋友坐在柔和的台灯下，对他亲切地微笑。

艾尔文站起身来问候。"你终于来了，我很欣慰。""你预料到我要来吗？"弗里德里希低声问道。

"你知道的，从你带着我赠予你的那件小礼物从这儿离开的那一刻起，我就在期待你的到来了。我当时告诉你的事，发生了吗？"

弗里德里希稍微大声一点地回答道："是的，发生了。小泥人已经存在于我之内了。我真的忍受不了了。"

"我可以帮你吗？"艾尔文问道。

"我不知道，你想怎么做就怎么做吧。再和我说说你的魔法吧。告诉我怎么才能把这个魔物从我之内清出去吧。"

艾尔文一只手搭在弗里德里希的肩膀上，领着他到一把椅子前，示意他坐下来。

然后他微笑着，用近乎慈母的口吻说道："这魔物会出来的，相信我，也相信你自己。你已经学会了相信它的力量。现在学会去爱它吧。它存在于你之内，但它仍没有生命，对你而言还是一个幽魂罢了。唤醒它，和它对话，向它询问吧！因为它便是你自己！不要去憎恨它，不要去害怕它，也不要去折磨它——哦，我的朋友，你折磨着你可怜的魔物，就是在折磨你自己啊！看看你把自己折磨成什么样子了！"

"这就是所谓的魔法之道吗？"弗里德里希问道。他陷进椅子里，仿佛瞬间苍老了许多，他的声音也变得温和。

艾尔文说道："没错，这就是魔法之道。也许你已经完成了最艰难的步骤。你已经学会通过自己的亲身体验了解万物在外即在内的道理。你已经突破了相对面的概念。虽然看上去这整个过程在你眼中堪比地狱。去学习吧,我的朋友,这就是天堂!在你面前迎接你的就是天堂!魔法就是如此:颠倒内与外,不需要任何外力强迫,也不需要像你那般被动,而是完全自由的意志。它集合了所有过去和未来:两者都是存在于你之内的!迄今为止,你都一直是你的'内'的奴隶。学着做它们的主人吧。那便是魔法了。"

一个叫齐格勒的男人

一个叫齐格勒的
男人

　　从前有个年轻的男子，名叫齐格勒，他住在布朗尔格加西。这个男人是我们每天走在街上都能看到的那一类人，有着没什么辨识度，让人怎么也记不住的长相。因为他们似乎都长得大同小异：同样的大众脸。

　　齐格勒和那些人一样，做着同样的事，说着同样的话。他不算愚钝，但也绝不算才智过人；他热衷于财富和享乐，喜欢体面的穿着，和大多数人一样软弱：他的生活和日常活动相比个人欲望和动力的驱使，更多的是受规矩的限制，害怕被惩罚而做与不做。尽管如此，他还是有许多不错的品质，总的来说，他也算是一个还不错的正常的年轻人——把自己的兴趣和利益摆在最重要的位置。他和其他人一样，把自己看作独特的存在，而现实中他不过是社会上的一个样本罢了。和其他人一样，他认为他和他的生活是全世界的中心。他从不理会身边任何质疑，如果事实和他的观点产生冲突，他便不以为然地闭上双眼。

　　作为现代社会的一分子，他无限崇尚金钱，但同时也对科学俯首称臣。他说不出具体科学到底是什么，在他想

来，科学或许就是统计学的规律，又或许涉及一些像细菌
学那样的原理，他知道的是，政府总会花费大笔金钱，提
供无限的荣誉给科学领域。他尤其钦佩癌症相关的研究，
他的父亲就是死于癌症，齐格勒坚定不移地相信长久以来
发展迅速的科学不会让同样的不幸发生在他的身上。

　　齐格勒在自己的外表上格外讲究，经常在穿着上花掉
超过自己能力的预算，总是紧跟时尚潮流。如果当月或者
当季的潮流服饰他实在负担不起，毫无疑问他便会讨厌和
看不起这些愚蠢的流行时尚了。他十分信奉个人独立。在
朋友之间，在说话安全的环境里，他谈起同事和政府的时
候语气总是很刻薄。我也许在描述这个人的品性上花费了
太久的时间。但是齐格勒确实是个很有个人魅力的年轻人，
失去他我们都很痛心。因为他的结局既奇怪又突然，他所
有的人生计划和坚定不移的希望都付诸东流了。

　　那是一个星期天，齐格勒来到我们的城镇，决定在这
里消遣休养一天。他没有交到什么真正的朋友，也没有决
定好参加什么样的集体活动。或许这就是他毁灭性结局的

开端吧，人类不该形单影只。

他除了四处看看风景，想不到其他的事情可以做。经过深思熟虑和仔细的调研，他决定去历史博物馆和动物园看看。博物馆在星期天早上都是免门票的，动物园可以下午去，门票还是很便宜的。

他穿着新买的布扣的西服——他十分喜欢这一套——出发了去历史博物馆。他带着他那根纤细优雅、涂着红漆的手杖，这手杖让他感到尊贵和独特，然而当他走到博物馆的入口，他只感到十分的不愉快——手杖不被允许带进馆内。

博物馆高棚顶展厅里有许多展品，他这个虔诚的参观者在心中高唱着赞美科学的颂歌，当齐格勒一丝不苟研读着展品介绍上的文字的时候，更加确定了科学是多么可靠和伟大。多亏了这些展品的介绍，这些古老陈旧的小物件，比如锈迹斑斑的钥匙、破碎且布满锈斑的项链等，都因此变得更加吸引人，更加有趣。科学能够赋予所有东西独特的含义，科学了解它们，甚至为它们命名——哦，是的，科

克 林 索 尔 的
最 后 夏 天

学一定很快就可以消灭癌症了，也许它甚至可以消灭死亡这件事呢。

在第二个展厅他找到一个玻璃制成的柜子，反射出的他的影子如此地清晰，他甚至要停下脚步来仔细看清楚，他满意地检查着自己的大衣、裤子，还有领带结。确认一切都完美后，他继续参观，他的注意力此时已经被古老的木雕吸引，真是有能力的创作家啊，尽管手法惊人地幼稚，他自鸣得意地感叹着。他还看到一座老式钟，象牙白的指针，在整点的时候还会跳起小步舞，他耐心满意地观赏了许久。然而很快他就开始感到有些无聊了，他开始打哈欠，越来越频繁地拿出怀表查看时间，他毫不羞于展示这块怀表，因为它是纯黄金制成的，是从他父亲那里继承来的。

此时的他已经有些后悔了，因为午餐之前，他还要在这里参观很久，于是他走进另一个展厅，在这里他又重燃起兴趣和好奇心，因为这里陈列了中世纪的神秘学的一切，有关魔法的书籍、护身符，关于巫术的服饰，炼金师的工作用具摆放在角落，有熔炉、混凝土、大圆肚烧瓶、干瘪

158

的猪囊袋、波纹管，还有许多许多别的。这个角落被绳子围上封住了，旁边还有个告示牌，禁止参观人员触碰展品。但是没有人会特别注意到这些警示牌不是吗，况且展厅里只有齐格勒一个人。

于是，齐格勒不假思索地伸出他的胳膊，越过绳子，触摸了其中几件奇形怪状的展品。他过去曾听说也阅读过有关中世纪以及那个时期有些滑稽的迷信神秘的东西，他完全无法理解现代社会的人们怎么还会被这些古老幼稚的谬论影响，他同样想不通为什么如此荒唐的巫术至今还不能被禁止。然而有一个例外——点金术，它是可以被原谅的，因为毕竟化学这个造福人类的科学就是由点金术而来的。上帝啊，这么想来，这些炼金师的坩埚和所有那些魔法的玩意就都是有存在的必要了，因为如果没有它们，就不会有日后被研发出来的阿司匹林，也不会有毒气弹。

他茫然之间，拿起一个小小的黑色的小球，它看上去更像一个小药丸，他在手指间把玩着这个干燥轻盈的小东西，刚要把它放下的时候，身后传来了脚步声。他转过身，

克林索尔的
最后夏天

一个参观者走进展厅。齐格勒有些尴尬,他的手中还拿着那个小球呢,而且他其实也看到了那个禁止触摸的警示牌。于是他赶紧合上手,把小球装进口袋里,离开了展厅。

他走到大街上才再次想起这个小球,他把它拿出来,想要把它扔掉。但是他先是把小球拿到鼻尖闻了闻,小球散发出一种令人愉悦的树脂的清香,于是他又把小球放回了口袋里面。

接着他来到一家餐厅,点了餐,翻阅了几页报纸,玩着自己的领带,他礼貌又略带高傲地环顾四周观察了下周围的客人,观察着他们的穿着。他点的餐食还没有端上来,于是他又掏出之前无心从展厅里偷来的小药丸,又闻了闻。接着他用指甲刮了刮小球的表面,终于,他抑制不住内心孩童似的冲动,把小球放进了嘴里。小球尝起来并没有那么怪,并且迅速地在嘴里溶解开来。他喝了口啤酒,把它吞了下去。这时,他点的餐终于端上来了。

到了下午两点钟,这个年轻人跳上了一辆有轨电车,来到了动物园,买了张星期天的门票。

一个叫齐格勒的
男人

　　他愉快地微笑着，他来到灵长馆，站在关着黑猩猩的笼子面前。一只体形巨大的黑猩猩向他眨着眼睛，接着自然友好地点了下头，用低沉的嗓音说道："你好吗，兄弟？"

　　齐格勒吓了一跳，下意识防备似的转过身。当他反应过来，打算迅速逃离这个地方的时候，他听见黑猩猩在身后怒斥："他以为他是谁！这么高傲自大！愚蠢的浑蛋！"

　　他又走去看那些尾巴很长的猴子。这些猴子此时正在欢快地跳着舞。"给我们点糖吧，老伙计！"他们叫喊着。齐格勒身上没有带糖，这些猴子对此很生气，一边模仿着他一边喊着，骂他小气鬼，冲他龇牙咧嘴。他终于忍受不了了，惊慌失措地再次逃走，打算去看看麋鹿，至少它们应该会更温和一些吧，他想着。

　　一只高大威严的麋鹿靠近栅栏站着，静静地盯着他看。突然之间齐格勒觉得这是一种来之不易的荣耀。因为自从他吞下了那个小药丸，他便开始能够理解动物的语言。这只麋鹿是用眼睛说话的，它有一双又大又漂亮的棕色眼睛。麋鹿沉默地透露着它的尊严，表述着它的顺从，倾诉着它的忧伤。它静静望着眼前的这位拜访者，眼神中充满了高傲和严肃认真的蔑视——令齐格勒感到很糟糕的蔑视。在它沉默的话语之间，在它庄严肃穆的眼底，齐格勒读懂了——他在它的眼中，连带着他的礼貌、他的手杖，还有他黄金制的怀表、他星期天才会穿的西服，全都和寄生虫一样一文不值，全都如同一只面目可憎、荒诞可笑的虫子。

从麋鹿馆离开，他又来到野山羊馆，看过了野山羊，他又去了羚羊馆，他看了美洲驼，看了角马，看了野猪，也看了棕熊。它们并没有全都对他恶言相向，但是毫无疑问的是，它们全都讨厌他。他听着它们的语言，从它们的话语间了解到它们有多么讨厌人类。它们的想法才是最让人痛苦的。它们绝大部分都很迷惑和震惊的是，为什么像人类这种丑陋又恶臭，毫无尊严可言的两脚兽，披着浮华做作的外表，就能够大摇大摆不受限制地肆意生存？

他听到一只美洲狮和自己的幼崽谈天，对话的内容充满尊严又充满实用的智慧，这种水准的聊天齐格勒很少在人类中听到。他还听到一只漂亮的黑豹对于星期天游客——

一　个　叫　齐　格　勒　的
男　人

这群乌合之众，发表自己的见解和看法，它的表达简洁明了，生动有趣，甚至它的措辞都特别典雅高贵。他注视着金色狮子的双眼，了解到野外的世界有多么广阔无垠，多么美丽美好，那里没有关押它们的牢笼，也没有任何人类。他看到一只茶隼骄傲又孤独地栖息在一段枯枝上，形单影只的身影透露出忧郁和悲哀。他看到鸟儿们忍受着牢笼的限制，仍旧高昂着头，温和顺从地迎合着一切。

齐格勒看到这一切，听到这一切，他为之思考着，感到沮丧灰心，精疲力竭，于是他决定转过身，回到他的人类同伴当中，尽管已充满失望。他在人群中寻找着能够觉察得到他的恐惧和痛苦的同伴；他听着人们的对话，希望能听到一些给他些许宽慰的话语，让他能够感到被理解，抚平他心中的不安；他观察着这些前来拜访的游客，希望能找到些刚刚体会到的高贵高尚、宁静自然的尊严。

但是他却以失望而告终。他听得到声音和话语，也看得见人们的动作、手势和眼神，但是自从他学会了从动物的眼中观望这个世界，他在这一切中只看得到堕落、虚伪、

163

卑劣，这些残忍的傻瓜无疑是这世界所有物种中最丑陋的那一种。

　　齐格勒充满绝望，漫无目的地四处游荡，他对自己也失去了所有的希望，他感到羞愧。于是他将他的红漆手杖扔进灌木丛里，随后将手套也脱下来扔掉。但是当他扔掉自己的礼帽，脱下他的鞋子，摘下他的领带，并且死命抓着麋鹿的笼子摇晃，大哭不止的时候，人群聚集过来，动物园的看守冲过来将他按住，他就此被送进了疯人院。